迟湖

黄昶 著

QiWu
Huang Chang

上海文艺出版社

献给一场雨

目录

001　　迟湖

021　　到洛阳

051　　九龙化骨

065　　开眼

085　　小中医

109　　长考

129　　寻找薇薇安

153　　渡越虫洞

173　　美梦星

迟湖

我阿爷生病那阵,我正待业在家,从我家打车到市人医要花三十五块,我骑单车去,到路口再拎两袋水果,我妈每天给的一百五花销,我能省下一百到口袋里,所谓失业即就业。

私底下问过医生,我阿爷当时情况已经明朗:前几年患的心梗,吃抗凝药勉强给疏通了,只是又有血管变薄的后遗,现在头顶上的血管已如蝉翼,停药继续心梗,不停药就要脑出血。医生说,能做的治疗我们都会做。我懂他意思,对他说,我阿爷小时候浸过水,体弱,长一岁靠的是一岁的毅力,很不容易。他拍拍我的肩膀,转身离开。我也就回病房去。

见到阿爷还在睡,只敢轻手轻脚地进去。其实他清醒也与睡着无甚差异,据说是管控言语的神经受脑血管挤压过强，完整的话已经说不出来，有时能咿咿呀呀地说上几个词，也是零碎得难以向句子拼凑。那双眼睛却十足有神，瞪大了，多数还携一些泪水，看上去比常人更要精神些。我看不得久，每十五分钟就要到阳台关上门抽一支烟，等听得里面有声响再推门进去。

到阳台上，我二爷爷正面向我，一只手扶着烟纸，另一只从栏杆上摆放着的盐巴袋子里抓出烟丝来卷。见到我也不说话，仍是扶着费力地卷动，仿佛手上拿着厚铁皮。

我阿爷在屋头排第三，我管他的两个哥哥叫大爷爷和二爷爷，还有一位排老四的小爷爷，从最大到最小，中间落差近二十岁。我二爷爷是这样的，听说以前当过生产队的小干部，本来爱笑，但为能撑住场面，苦练成了一张严肃的脸。

我用两只眼睛盯住二爷爷手上的烟卷，他留意到了，卷完就递给我。我接过来点上，深吸一口，这种自家粗制的烟丝，烟雾又辣又沉，兜到肺里再甩出来，眼眶里早已挂上一层的泪水。我到阳台来就是为了这支烟，仿佛在里头积压的那些不能言说的事物也能随着雾气被一并带出来。这时二爷爷也给自己卷好了一支，我替他点上，我们寻常就是这样，并排站五分钟，中间不说话。

等他抽完了烟，我问他，今天这么早过来，肉都卖完了没。他挤挤嘴唇，说句，今天猪场东家做寿，找不到地方进货，就不卖了。我听完，一时也想不到答复的，二爷爷九十年代初就在城北市场包下一格档口来，卖猪肉，我家算是老主顾。据我妈所说，我二爷爷对顾客永远是冷脸，哪怕在时常帮衬及亲戚身份的双重关系下，仍然不打折扣，况且仅仅对人僵硬，开档时间却灵活至极，哪天不想开就不开，最后总结：早晚要拾档走人。我爸每听到这，就咳嗽两声，把话题支开，过段时间又说，老婆，都是一家人，能到他处买，就别益别人了。

有阵凉风穿过，我裹了裹身子，看到他穿得比我要单薄，便对他说，二爷爷，这两天突然冷了，你穿得少，要不进去坐会儿，或者回家歇歇，这里我看着就行。他听完似乎有些不乐意，把眉毛胡子一拧，说是用不着，你们年轻人不懂春捂秋寒，一味穿多，对身体不好的。

我讨了个没趣，本不想再开口，但又想从他的盐巴袋子里取烟来抽，怕他说我空口吃白食，就问他，最近还有钓鱼吗？

我听说他从当干部往前就爱钓鱼，卖猪肉后不开档的日子也是钓鱼去。我二奶奶的说法是：也就个爱钓，钓几十年，一条鱼拿不回家，要么就是没那个水平，要么就是有第二头家。显然是玩笑话，二爷爷听完不乐，也不生气，就那样坐着，谁也不看，第二天照例拿上鱼竿钓鱼去。

他告诉我，你阿爷生病后就少了，但也不是不钓，通常是夜钓。我说夜钓这事有说法，讲究个技巧，晚上鱼也要睡觉，打窝也不来吃了，戴个头灯，开就惊鱼，不开就看不清，懂得夜钓的都是师傅。他听我夸他，可能也乐，但是嘴上不笑，问我今晚要不要和他一起去钓鱼。我想了想，说我得看着阿爷，有时候要换纸尿裤，请的护工力气小，没我管用。他说这事情好办，我给杨方打电话，叫他先过来看一晚。杨方是我堂弟，重点大学毕业，今年刚入职公务员，第二天还要上班。我这堂弟和我二爷爷几乎是一个性格，不苟言笑，谁要亲近他，就说谁有意来巴结，我在他那碰过不少壁。我告诉二爷爷，最近都在失眠，不去钓鱼绝对是可惜，晚上有我弟看着我放心，饭后随时可以出发。

夜晚，我同杨方坐在病房里，大约有一个半小时，除开寒暄那两句，没说话。

我只觉坐着肩膀直发沉，杨方也无所事事，看着钟表发愣，中间我阿爷翻了几次身子，他想帮忙，我都让他坐下，说我来就可以。眼看是等不到二爷爷的电话，似乎要爽约，我在脑中打草稿，想着用什么理由将杨方支回去合适。这时候楼下响起一阵急促的哔哔声，声音一截截的，像是患了肺病。我听出来是二爷爷那辆老摩托，于是向杨方招招手，下楼去了。

我迎着二爷爷的远光车灯走向他，他认出我也不关，只由我一步步踱过来上车。我扶到他的车后座坐下，感觉不对，一摸裤腿，是蹭了一裤子的猪油。我问他，这位置平常是猪坐还是人坐。他说都有，猪坐得多些。还说年轻人不要娇气，等下钓鱼，始终要沾上泥巴，结果都一样的。

我不与他争辩，只问他具体要到哪里钓鱼。他说是迟湖。

我从未听过这地方，便问他是否是新规划出的水域。他说，一直都有，从我和你几个爷爷小时候就有了，只是地方偏僻，加上旁边几个山峰围住，没什么人知道。我向他问清了方位，取来地图看，果然找到个米粒大的蓝点，落在峰群中间。只是没有任何标注，迟湖是否为真名也说不清楚，或许有别人知道，叫的却是另外一个名字。

二爷爷把油门拧得吱吱作响，车速非常年轻，小半个钟头，就驶出了城郊。两侧由水田向野地转变，蛙声蟋蟀声也逐步紧密，回声渐渐朦胧，想来是走入山间。夜雾浓得惊人，仿佛四周都是路。

停车后，我用脚撑住地，有如从梦中醒来。他的车灯呈柱状，打碎了一片视野，前方什么都看不见。我走上前将他的引擎拧上，灯熄灭了，星光漫落下来，周遭景物方才回归：前方的确是湖，星月映在湖面上，波动着，频频地闪出斑纹，两侧一棵树也没有，我们在山谷里，在湖边，整个世界就像碎裂的宝石，迟湖像飞溅到桌底的寻不见的一块，安静沉稳地发着亮。

我还在发愣，二爷爷把鱼竿扔过来，是自制的短杆，看着很有些年头。我走到湖边舀上一些水，熟练地和弄鱼饵，理钩，抛竿，一气呵成。本意是在二爷爷面前展露，但没想到早在我弄完以前，他就已经提着竿坐在湖边了。

我有些置气，想着要在上鱼数目上压他一头，如果真同我二奶奶所说，他今晚未必能上成一条。我仍穿着早上那件薄风衣，手指一阵阵地打颤，竿子也随着发抖，无怪枯坐了近两个小时，一条鱼也未上。我索性将鱼竿支到地面，掏出烟盒来点烟。先给自己点上，随后到二爷爷面前派发。等我走到他跟前，我才发现，他的钓桶里已经盛了十数条鱼，清一色的非洲鲫，大的眼看有两三斤。

他只盯着湖面，两眼像失了焦，头发上沾有几层雾水，显得花白，仿佛现出老态。只等我将香烟递到他眼前,他才晃晃脑袋接过。点上后,我问他,二爷爷,是不是带了我来才容易上鱼,我那边一条鱼不上,原来全被我赶这边来了。他说,你的手把水波搞浑了,你不来上更多。我说,那怎么一条鱼也不往家里带呢,是不是真有小家,太能藏了。

我是当笑话讲的,自认为玩笑的神态也做到位了,可惜他不笑。我站着没趣,抽完了烟,就回到钓竿旁侧,直到天蒙蒙亮,桶里才多出零星几条小鱼。

我没了兴致,闲得慌,起身四处晃荡,想着天再亮一些就唤他离去。从远些看二爷爷,好似立在湖边的雕像,眯着眼睛一动不动。等有鱼咬了钩,又如一架精准的机器,连贯地抬手,扯竿,收鱼,摘钩,一连串的动作毫不停顿,精确有力。

太阳露头,我走上前去,看见他头上的雾水消去一些,佝偻着腰,老态却是依然。我想催他走人,不料是他先开口。

"你们读过大学的,和我们是不一样。"

"没有没有,读了个破学校,现在出来连工作都难找。"

"别扮懵,读过大学的,多少有点抱负,苦力活不愿意干,只想坐办公室。"

"真没扮,我读什么大学你还不清楚。"

"听说你们那个专业，出来有很多人考警局的是不是？"

"有，我有两个同学就是，不好考，考了几年，今年才考上的。"

"咱们市的吗？"

"正正咱们县。"

"熟吗？"

"熟，上学时候隔三差五拿我饭卡打饭。"

"帮我找个人，姓胡。"

"二爷爷，胡算大姓，一找一箩筐。"

"胡宗彪，戴眼镜，是大学生。"

"大学生啊，得有二十好几吧？"

"我们那会儿的大学生，比我小三岁。"

"你咋不找杨方帮你问问啊，他不也是系统里面的吗？"

"他不顶使，我用不上他，那个眼镜是这样的……"

他伸出手来向我比划，我大概算知道了，方形，金丝边儿，那个年代估计少见。我应下他，心里盘算着怎么和同学开口。自我失业，脸上挂不住，没想和他们多联系，他们似乎懂事，知道我不愿，也不太主动和我说话。

看得天完全亮了，二爷爷站起来，用力甩了甩鱼竿，竿头敲击水面，荡漾起连串的波纹，愈荡愈长，直指湖心，好似向水中的鱼儿通告自己将要离去。随后他提起钓桶，走到湖边，倾倒下去，里头的鱼儿滞了一夜，同无生命的沙石似的落去，沉下去十几秒才懂得摇动尾巴，因没见他用打氧机，初初还以为都已死掉。我不再受惊于鱼群的数量，转而对他的行为讶异。我问他，二爷爷，你每次钓完鱼都放生吗。他不朝向我，对着湖面点点头。

我不再说话，直到他做完了一切，沾沾湖水洗净手上的泥巴，我才发现，他又恢复了年轻的神态，跨在摩托座椅上，腰也立直了起来。

连着好几日，我在入睡前都会想起夜钓的那片迟湖。

不是魂牵梦萦的那种想，是心里不安分而怔怔的那种想。我总想再到迟湖去，又预料到我即便再去几十次，也未必能钓到多少鱼，在迟湖，钓鱼的乐趣基本归零，况且像我二爷爷，丰收了也要放生的。我不知道自己确切想要什么，但是始终被念头牵绊着。我尝试对着地图，自行驾车到迟湖去，可每每到了那片山区，就自然地迷失方向。眼看四周都是路，却等于没有路。

我想叫二爷爷再带我去一趟，我真觉得在那里丢了东西，亟需寻回。可又不好意思开口，他叫我问的人我问了，不仅问了同学，还支使他们问了身边的同事和一些领导，可得到的答案十分统一：胡宗彪，六七十年代大学生，戴眼镜——查无此人。

我愈发不敢面对这位二爷爷，怕他认为我不出力，更怕他觉得我没用。只好躲着，但每日还需去照看阿爷。好在我摸清了他出动的规律，有益于避开他。他早上卖完猪肉会过来，我就躲到医院饭堂去，事罢也打两份饭上来，一份给护工，一份留给自己，那时也正好到饭点。

随着我阿爷的身体一天天枯萎下去，我对迟湖的念想也逐步凋亡。我清晰地感觉到阿爷迅速衰老，肌肉像是被精细的利刀剜去，剩了一层皮肤附在骨头近侧。有天他竟向我睁大了眼睛呼唤，我走到他跟前，他将我的手抓到他嘴边，奋力地蹭他的胡须。我说，干净的，刮干净的，前几天才刮完。说罢才想起来，初住院时是一天一刮，不想他的养分已然贫瘠。我感到悲伤，想落下两滴泪来，看着面前那双已然汪洋的眼珠子，唯有忍住。我对阿爷说，我到外面抽根烟，前段时间去饮喜酒，拿了包好的，我不抽完，给你留着的，等你好了，全给你上缴。

走到阳台，我看见那个盐巴袋子仍在，伸手到里面掏出几张烟纸来，轻轻地盘弄，可是纸张上浸满了发着腥气的猪油，怎么也使不上劲。我只好也同二爷爷一样勉力地搓，才将烟纸分开。卷上了，还没点着，我就觉得整个肺部都是苦楚，眼泪不知有没有掉，短而细地呜咽了两声才好。

我仍打算抽那支烟，但听见里头我阿爷高声叫起来，连忙推门进去。他姿势与我出去前一致，对着天花板干瞪眼。我走到他跟前，他的喊声一句比一句清晰，可是依然不成句子。他喊道：手，抓住，眼镜，抓住，抽筋，手。

我上前揉松他的肩膀，对他说话，他似乎好了些，身体不再发紧。我问他是不是想起来喝水，他没有反应，估计就是了。我将枕头嵌到他的腰际，摇动床脚那只摇杆，他像挺起胸膛似的缓缓升高，嘴巴又张动起来，只是变得沉郁，他说，手，眼镜，手。

喂阿爷喝完水后，他好似困了，闭了闭眼皮。

我又将床摇低，取下枕头，他立刻就睡着了。我在椅子上坐了一会，天很快亮了。二爷爷到来之前，我为他卷好一支烟，也给自己卷了一支。他进门时，我将烟递给他，邀他到阳台去。我说，阿爷刚睡着。

关上门，我告诉他，我问了许多同学，可得到的结果都是查无此人。我说，你找的这个人，真像个谜，人不是全知全能的，不可能猜出一个没有谜底的谜语。他好像不出奇，但有点生气，对我说，你们后生仔就喜欢扯这些没头没脑的,我叫你去找,你帮我找就是了,找不到我也不说你,你跟我说这些没用的。我说,我得确保你没有消遣我,你得确保真的有这么一个人存在。

他说,我跟他认识,认识了几十年,怎么个不存在法。我说,我没有质疑你,但我得确证,你们几十年前就认识了,现在怎么不认识了。

他不说话,拿出塑料外壳的滚轮打火机来点烟,那个滚轮上也全是油,擦了许多下,一点火星子都不冒。我凑上前去帮他点着,他吸了一口,朝我点点头。我说,这段时间还去迟湖不,你带我去夜钓,我还帮你找人。

他不作声,应该算答应了。当晚我在医院里等他,给护工塞了点钱,告知今天可能需要晚点下班。晚饭后不久,那段潦草的哔声又在楼下响起。我这次聪明了些,从侧边绕过去,避开了他的远灯。他感觉到有人上车,也不顾是谁,就径直开走,势头依然迅猛。开过近郊,我有意保持清醒,想认清道路,只是无论我怎么看,驶过的路口都依然是同一个,我们只是不停变换方向,选择不同的分岔,随后又回到路的中心。

到了迟湖,我不敢抢先,只等二爷爷将渔具一样样摆放出来,我才学着他的行动操作。我这才看清他的动作来,他进行得相当缓慢,但看得出经过了无数遍的简化,

迟湖

效率很高。他的鱼钩落水前，有用竿头轻柔地摩挲湖面，仿佛又在通报。我想要学他的做法，也钓上一些鱼来，怎知他的每一步都不似眼看的简单，要做得精巧相当复杂。我留意着他的脊背，从下车起就由直转曲，等到浮标升起来，他的头顶又笼起白雾，腰也已经完全地弯下去了。

上次来时，怕惊了鱼，不敢同他说话，此时想到他的志向未必就在鱼，便开口问，二爷爷，钓鱼能说话吗？

"可以说，就怕你那块的鱼不敢过来咬钩。"

"那没事，反正我认真钓也钓不上多少，"我说，"先前还怕耽误你钓鱼，后来发现你钓了鱼也不要，就不怕了。"

"带不走的，要来干啥？"

"带走一两条也好啊，况且你那车，猪都能拉两头，鱼不能拉？"

"不是这个意思，有些东西吧，你只是借过来用一下，总归是欠了别人的，到时候还是要还的……"他说得很慢，"你小孩子，也不用想这些。"

"那你现在是在借还是在还？"

"我也不知道，"他更慢了，"你和你阿爷他们一样的，什么都要问到底，总有点要当学生的意思。"

"我阿爷也爱问吗？"

"问,什么不问,我后生的时候和你大爷爷带他来这里玩,他扎到水里还要问,什么时候找个二嫂过来,我嫌他烦,闹他,把他的头按下去,他嘴还不停,咕噜咕噜,吐出一圈圈泡泡来。"

"我爷爷会水啊?他说他小时候还被淹过,然后身体就差了。"

"就在这淹的,还好给救上来了。"

"你救的吗,还是大爷爷?"

"都不是。"

我问他,那是谁呢,他没有回答,直到天亮,我们都没有再说话。这晚我竟离奇地丰收,而他却仅仅钓上来几条。我提着桶问他,需不需要放生。他说不用,你拿回家让你妈整点鱼汤带去给你阿爷补补,你不欠谁。

我有些地方听不懂,但也不想问他,随他的车到城北市场,买了一块豆腐回家混着鱼煮了。那鱼肉鲜嫩至极,我妈说,真替你二奶奶可惜,任由他钓了几十年的鱼,半口这样的汤都没喝过。拿到医院去,打算喂阿爷喝下。我说,阿爷喝点,甜得很,和放了糖没差,迟湖钓的,迟湖,二爷爷说你们以前经常去的。我阿爷其实能吃些流食,但将汤端到他嘴边,他却鼓大了眼睛,一口也不肯喝。等汤几近凉透,我拿给护工,他一口气全喝完了,骨头也不多剩下。

那天夜里从医院回去，路过河边，对岸燃起烟花来。我停下来看烟花，不知觉自己错过了一个红绿灯。想着无论如何是个等，干脆抬头再看一响，这时有人拍我肩膀，我转过去看，是杨方。我其实有些佩服他，如果是我先见到他，我一定不叫。杨方问我，干嘛呢。我说，路过，对面放烟花。杨方说，哦。然后我们并肩站着，看了六响。我说，你爷爷跟你奶奶关系好吗？杨方说，不知道怎么说，不太吵架。我说，可能趁你没在家的时候吵。杨方说，应该不会，我奶奶说他们俩是好朋友。我觉得这个说法有点怪异，但是没多想，忽然一束火光升到河面上，迸发出耀眼的光芒来，一束绿色，两束红色，最后变化成无数颗扎眼的金色星星，等烟花落完了，声音才传过来，险些将我们震倒。我们看完这个，互相道了别，各自回家去了。

正如我答应二爷爷的，胡宗彪，那位戴眼镜的大学生还在找，可是依旧得到了许多同样的答复。同学跟我说，我交代的事，他肯定不闲着，做了些功课，那时候的大学生，能到我们这边来，肯定是来当干部的，当干部总得用实名吧。我没听懂，问他，那干什么不用实名。他说，交朋友不用实名，而且这一虚一实来回转，谁虚谁实很好说。

除开找人,我和家里也在置备白事用品,对此我还和我妈闹了阵不愉快,我觉得人还在就准备,不失为一种诅咒。她说我还不懂,这事情一塌下来,就打得人手忙脚乱。

整屋人都浸没在浓稠的空气里,实在难以喘息。于是迟湖还是会去,甚至还要比往常勤些,这片湖水一滴滴地分解为我们赖以生存的氧气,我和二爷爷心照不宣。

半夜,有鱼咬钩。我的鱼竿愈发熟手,已经知道这是一条多么小的鱼,便不想处理,想必它能够自己挣脱。

我到二爷爷旁边派烟,看出他今晚有要说话的意思。

"二爷爷,迟湖真的叫迟湖吗?"

"不然叫什么?"

"不名湖,我查了县志,里头说叫不名湖,"我不想下他面子,"我不知道是不是真的,所以来问下你。"

"迟湖是别人告诉我的,他也有解释,不知道哪个是真的。"

"怎么解释的?"

"他说,这个湖,四面被高山包围,想走吧,走不出去,什么都不做吧,就只能慢慢地下沉,最后会蜷缩成很小很小的一片水池，甚至会变成一滴眼泪，"他吸了口烟，"等你发现的时候，一切都太迟了，而且即便你发现了又怎么样呢，你走不出去。"

"所以叫迟湖？"

"所以叫迟湖。"

我听完觉得难受，背脊直直地发凉，胸口又闷着，一冷一热淬着，仿佛要裂开。他蹲下来，用大拇指在岸边的湿土上划了一道，我留意到在这一道的上方，蔓延着千万道深浅不一的划痕，与荡漾的水波相似。

"二爷爷，这些都是你划的吗。"

"都是我，划了好多年了。"

"所以湖水真的有在下沉？"

"真的有，他很聪明，一眼就看到几十年后了。"

"那他现在呢？还叫胡宗彪吗？"

"应该还叫，但是我们找不着他。"

"就一直这样找下去？"

"那能咋办，能找就多找找呗。"

他说完，踩进湖水里，他的身形忽高忽低，我猜是湖水忽深忽浅。他向我招招手，我也走到水里。

"等你阿爷走了，水就会再落一些，那时候水位刚好，"他停顿了下，"你在岸上，我到水下，最后再好好找一回。"

"你确定他在水下?"

"我要是确定,就不用找人问了,我能活这么久,就因为什么都不确定……不确定就有股气推着,"他的背快要弯成直角,脸也快贴到水面上去了,"当时你阿爷被我闹下水,呛了几口,游不动了,他去救你阿爷,你阿爷推上岸了,他一直没上来。我们到水下去找,水太深了,钻得眼睛疼,找不到,当时就没确定,现在也不确定。"

"那就非要确定吗?有股气推着活不好吗?"

"说了你不懂,每晚都有气压着,这个人他就睡不着。"

我感觉我不该刺激我二爷爷,但身子还是不由自主地往前探,我逼近一步,他就退一步,直要退到湖心才罢休。我试着缓和语气,说,二爷爷,别动气,我睡眠也差,是这样的,一动气就更睡不着。

我说得很慢,可他仍是暴躁,扯着嗓子来吼,还带点呜声。我们扯动了浪,湖面早已不再平静,像海水一样翻滚。我害怕他那副带有弧度的骨头再支撑不住,只拼了命地往前去。总算要够着他,可是手掌被水泡过,湿得滑腻。我本要抓住他,可不知怎的,力道竟往他的方向去了,反倒像推了他一把。

迟湖

他吃了我的力,自然要打滑,往水中摔去。我脑子发胀,想不到别的举措,只能潜下去抓他的身子,他的身子也往下沉,哪里提得起,加上慌忙之中下水,心里发毛,竟也呛进几口水去。我万念俱灰,不再动作,只是没想到在今天要化鱼沉湖,总该有些意外的难过。

我二爷爷刚将我救上岸,就要骂我,说我不仅成不了事,还要坏事。

我任得他说,蹲坐在岸边,回忆起刚刚湖水入肺的触感,不住打颤。歇了一会,太阳升将起来,我已经能够自足呼吸。我走到竿子边上,收起杆子,发现钩子上串住了一块儿破布,被湖水浸得发白掉色,我拿给二爷爷看,问他,这是你要的证据吗,这能说明他在水底吗?

二爷爷说,不是的,他不是穿这样的衣服。随后将那块布塞进了摩托车尾的空槽。

我们推着车子走到山前,我拉住二爷爷,提出应该和迟湖告别。他没表态。阳光从山间的缝隙照进来,看起来锋利无比,仿佛要刺穿我。我说,迟湖的迟,应该是推迟的迟,我们活着,呼吸,进食,查不清的继续查,追不到的一直追,在今天说明天见,在今年说明年见,一切都够推迟,万事都有余地。

我转过头来,对二爷爷说,我之前去饮喜酒,拿了一包好烟,抽了几根,其余留着的,等我阿爷好了,齐齐点上几支。二爷爷没说话,对我笑了一下。

迟湖

到洛阳

一　李洛叶

李洛叶数了一千八百零一个数。

显然她不打算再数下去，于是她把头抬起来，又再看一遍站台上的文字，看了还嫌不真切，是要念出来。

"一五六路，经停站田南……海昌……卫东……这个不会读……慈连，发车时段……每十五分钟。"

十五分钟是九百秒，她掏出铅笔来算过的，因此她数到九百时车就该来了。但是车不来，她只好继续往下数，数过了一千八百，两个九百秒，她便不愿意再往下了。

转头看，白色的云被黑色的往她的方向猛推了一把，有些似海水，白色的海水就是这样的，想回头跑，可是黑色的就是不让，只一意孤行往她这边推了，她讨厌黑色的海水，她觉得这是很够坏的，现在她也讨厌黑色的云了。

她讨厌的还有风，风是随波逐流的变卦分子。夏天的地是热的，人走在街上都要一步一个脚印地从下往上化掉，这时候的风就是很热的，扑面而来地，像是揽客的摩的师傅，你即便一眼不看他，他也要过来扒拉你，你说你不要上车，他还是一口一个小妹妹地喊，用脚撑着摩托车滑行，喊个不停，一直要跟着你到家楼下了。而到了冬天——好比说现在，风就是凛冽的，像是电视节目里的催债鬼，凶狠粗暴，往你的手上、脸上、大凡是露出来的某处扇巴掌。这种鬼多半是人扮演的，她知道人跟鬼之间的货币并不互通。而她现在就像是挨了巴掌，感觉有一些冷。

李洛叶的书包里有小外套，可是她并不打算拿出来。外套是粉红色的，粉红色是愉悦的颜色，通常说红色是喜庆，粉红色是红色的女儿，那就是愉悦。是那种开心没有缘由，也开心不到头，要是没有人问起那就什么事也没有，有人问到了就说是开心的那种愉悦。因此草莓是粉红色的，某些花瓣是粉红色的，她吃草莓的时候愉悦，看花的时候愉悦。而现在就不是，所以她即便受冻，也不愿意打开书包。

书包里还有一块巧克力，旁边附一张小纸条，写的是:"对不起,我错了,赔给你。"分句是规规矩矩,但字却写得歪歪扭扭,旁边还留了一截因写字用力摁断掉的铅笔头,是肉眼可见的不情愿了。这是后座的男生写的,巧克力也是他的,因为他上课揪李洛叶的头发,所以这块巧克力才被罚判到李洛叶的书包里。想来他珍视这块巧克力的程度,有过于他理念中李洛叶珍视她的头发的程度,要不是李洛叶举了手,还险些哭了出来,他一定不会把巧克力让人的。

李洛叶饿了,把书包背到前面来,拉开半条拉链,胡乱摸索一番,想拿巧克力出来吃,车就来了。

李洛叶退后两步,望了一下车身的侧牌,大字写的是一五六路。再往前几步,小字从左往右看到最后一列,终点站,洛阳。

车门打开,李洛叶上了车。

二 洛

洛就是李洛叶。

李洛叶暑假到大哥哥那里去补习,大哥哥刚从高中毕业,是妈妈熟人的儿子,趁着暑假空闲在家办起了小型补习班,教些小朋友写作文。大哥哥说是体验生活,却对报名的学生要价不菲，自称从小学到高中都是写作的好手，是每每写完老师便拿到班上面念的那种，这套说辞很讨家长欢心，小补习班因此生意兴隆。

大哥哥每天为李洛叶补习两小时，并且分文不取，所谓熟人便是熟到这种地步。但这省去的薪酬同样也让大哥哥省下许多精力，所以李洛叶每次补习都是在午休或者晚休的时间，而且不固定，时常调换。妈妈不介意，说是小孩子本就精力好，要每天哄着睡觉还不如趁此去补补习煞煞精神。

大哥哥爱问李洛叶自己的课如何如何，李洛叶总是羞于评价的。她觉得在人前说的话都算不得数，说坏了怕别个生气，说好的就怕自己脸红，所以于情于理都不大愿意。因而李洛叶总是抱着头想个半遭，直到大哥哥把手掌挠破了皮，发出一句："那你可以说说，我和你们学校的老师上课有什么不同？"

李洛叶这时候可以说，你的课比学校张老师的有趣得多，她上课只是上课，不给我们讲别的，你不一样，你讲的东西很有趣。

大哥哥听了就喜出望外，总是这样的，随后就把课本合上，讲一些别的事。

课本封面上有李洛叶的名字，旁边还画了一个硕大的猪头，两只耳朵竖起来，反倒像是花骨朵被硬生生折歪了几瓣。

大哥哥看了就笑，差些就要笑出声来。李洛叶连忙解释："这不是我画的！是张阳溢。"

往下些看，还真有张阳溢的落款。大哥哥看了更是忍不住，憋得满脸通红，问一句："看来你跟张阳溢关系很好呀。"

"才不好，是个自以为是的讨厌鬼，"李洛叶撅起嘴来，"他还喜欢揪我头发。"

"男生都是捣蛋鬼，我小时候也揪过女生头发。"

"那你也是讨厌鬼。"李洛叶话刚说出口，就意识到自己出了以下犯上的错误，想要改口又来不及，只敢低着头抬起眼皮来往大哥哥处打量。没想到大哥哥不仅不气，反而真正笑出来。显然，自己是被当童言无忌的孩童看待了，李洛叶在心中暗暗警惕，以后不敢再犯这般错误。李洛叶讨厌这样。

看得李洛叶沉默，大哥哥也不敢再笑，只得再绞尽脑汁想要找一些话题来缓解气氛。"对了，你瞧你们的名字，里面各取一个字出来可以组一个词，要不想想看是什么词？"

"小李。"

"不对，这可不能算是一个词。"

"小阳。"

"不对，如果是小溢也还是不对。"

"溢阳。"

"有些接近了，和益阳一样，是一个地名，但是要从你们的名字里各出一个字来组词。"

"我想不到。"

"你再努力想想，是以前皇帝定都的地方，定都就是把都城定在这……"

李洛叶有个好习惯，在听别人说话的时候，总是盯着别人的嘴皮子。这么一来，即便她在想其他事情，也显得很认真。如果再加上切合时宜的点头，那对方就会不停口地一直说下去，根本不会关心她在胡思乱想些什么。

那么李洛叶此刻在想什么呢，她用眼角瞟到大哥哥家的红木家具，显然已经旧了，但听过妈妈说，这种东西总是越旧越好的，用旧了的东西都有自己的脾性，而这种脾性往往会附加到人的身上，意思是人会顺着它走，会说用习惯了。习惯是世界上所有不快的解药。无论什么事，只要习惯了就好。李洛叶觉得人也是这样的，只有大人才能有脾气，因此也就是越大越好，越大的人脾气就越坏，但却越要被人习惯。

迟湖

往房间外面看，是阳台，不大，却塞下了一座铜质秋千。带些西式的风格，印着花朵和藤蔓类的纹路。顺着纹路一直往上看，是几双袜子，红色白色黑色都有，用木夹子夹在秋千的横杠上。其实李洛叶早就看到了秋千座椅上的鞋子，只是选择性忽略了，在看到袜子的那刻才真正意识到它已经很久不被使用了。也对，大哥哥家已经没有小孩了，大人不喜欢秋千，可李洛叶喜欢。

李洛叶正觉得失落，只见大哥哥又念出一个词。她认定这个词是蕴含魔法的，就像漫画书里的魔咒一样可靠，大哥哥两片嘴唇还未合上，便生效了。她见到一大阵风吹来：袜子被吹得往四周乱舞，只是被夹子夹得紧了些，逃不脱。而鞋子就不同，像是化身了四只脚的走兽，往地面奔去，还有树叶、花、以及一些看不见却能嗅到的泥土气味都在一瞬间活跃起来。她想起前几天在这张桌子前听到的一句宋词："乱红飞过秋千去。"

大哥哥起身，到阳台前把窗户关上，大风随着呼呼声戛然而止。

李洛叶红着脸问大哥哥："刚刚风太大，我没听清你说的是什么。"

"是洛阳。"大哥哥回答。

"洛阳的简称是洛，你的名字如果要简称也可以是洛。"

这天之后大哥哥总把李洛叶叫作洛，洛觉得，单字的称呼里隐约带着成熟而留有余地的美感，洛喜欢这个称呼。

洛回到家以后躺在被窝里面，睡不着，闭上眼就是洛阳：洛阳应该有秋千，那魔咒对大哥哥家的秋千有效，自然也应该对其本身有效。还有很多人，跟她所住的小镇不同，那里是城市，注定是人山人海的。人们相互簇拥着往前走，一条大马路几十米宽也不见尽头，两侧是成排成排的秋千，时常有人离开队伍，到秋千上坐着，等一阵风来，就都荡成不落地的纸鸢。还有抬着黄色轿子的人，他们虽是往前面走，但眼珠子还是朝两侧歪的，他们也想要荡秋千，可是他们不能，他们抬着的是高高在上的皇帝，皇帝怕黑，在天黑之前必须赶回家里去。等到形形色色的人分作几十个批次散尽了，就只有一个人在马路上走，那就是洛，洛喜欢秋千，但是她还没找到她最想要的那一座。

此后在大哥哥家的课间闲谈就有了方向，像是一束毛线在顶端被打上了结，无论从哪里开始，终归要到洛阳结束。

迟湖

"哥哥，洛阳在哪里。"

"河南。"

"河南在哪里？"

"黄河的南边。"

"离这里远吗，需要坐船才能去吗？"

"很远很远，但是也不需要坐船，"大哥哥思考了一阵，"只要你好好读书，考上洛阳附近的大学，搭车就能去。"

洛点点头，并把黄河记进心里。

三 洛叶

"李字是你从妈妈这得来的姓氏。"

这天妈妈突然开口说道："正如洛字是你从爸爸那得来的。"李洛叶此刻正用手掰断一根棒冰，准备放入口中，忽然说到略带严肃的话题，使她一时间不知道该作何动作。

跟妈妈一样，多数人其实还是会把她叫做洛叶或小叶，她对此说不上喜不喜欢。只是叫她洛叶的人尚未习惯她的更名。而叫她小叶的人，多半是要来跟她套近乎，因而这一声声小叶就带有甜腻腻的气息，光是想象那股气流在人的咽喉里翻滚，还未传到她耳朵里，就够她浑身起鸡皮疙瘩了。有一次，张老师在台上讲那句"小荷才露尖尖角"，说到小荷时停下来，朝她那边说了句，"小荷就是小小的荷叶，跟小叶同学的名字是差不多的"。张老师还未说完，全班就都笑起来。张老师不知道他们为何发笑，但李洛叶清楚。李洛叶能感受到班里人的目光，此刻就像蜻蜓的脚般刺到她的脑袋上了。她还是更喜欢那些叫她李洛叶的人。

想起和妈妈去更名的那一天，所里的阿姨说其实也不用改，很少见的姓氏，改了可惜。洛叶也觉得可惜，在别的方面更是。但抬头望向妈妈时发现她正在从背包里费劲地将厚厚的资料从中间扯出来，就什么也没有说。

"这是爸爸和妈妈能送你最好的礼物，如果以后洛叶长大了，想要改名字，要先想想这一点，不然妈妈会生气。"妈妈说到这的时候，洛叶的棒冰已化了一半了，比起名字如何，她更关心的应该是棒冰会在多长时间后溢出容器，落到地面上。

为了防止这样的剧本上演，洛叶用力地点了三下头，以表明自己对礼物的狂热喜爱以及陪同它终老的决心，在得到许可的目光后，弯下腰、伸长脖子到棒冰的壁口，用力啜饮融化的部分，最后再长长地呼出一口气：还好是

迟湖

冷天。

到这时她才想起妈妈来,她抬头看向妈妈,发现妈妈也在抬头,望的应该是那片橘红色的落日。洛叶在书里读过,落日在一天中相当于太阳的暮年,该被唤作太阳公公的,是那种快要离所有人而去的年纪。这种情景最适合睹物思人,妈妈此刻就是。

不仅仅是对着落日,妈妈最近无论对着什么都是这样,只要是谈到跟爸爸有关的物事,她便沉默一阵,然后是滔滔不绝。

"洛叶,你爸爸上大学的时候经常到湖边去看夕阳,一坐就坐到晚上十一点,当时没有手机和手表,看时间很不方便。看到路上没有人了,他就发了疯一样地跑,怕过了门禁,有时候还要摔上一跤,回到宿舍整个人就是鼻青脸肿的,好不好笑……这些都是你爸爸后来给我讲的,可惜我没亲眼看到。"

说是最近,但这种情形也持续两年了,也就是说,她的爸爸已经死去两年了。如果按照太阳的一天来换算,这可以算是晚上十一点。

妈妈忘不了爸爸,洛叶自然也忘不了。她想起爸爸总是叫她叶子,好像世上也只有爸爸会这样叫,这个称呼跟爸爸的胡子一样,虽然不腻,但是扎人。爸爸喜欢用下巴的胡子去蹭她的脑门,大叫一声:"叶子,爸爸来啦!"张开双臂向她扑来,她被扎得痒了,便咯咯地笑起来,总是这样。有一次洛叶班里去春游,路沿长了一片续断菊,她和旁边的小女生去摘,皆被叶子扎伤了手。小女生嚎啕大哭,老师赶忙过来替她包扎,还请她吃了两颗话梅糖。那洛叶呢,在一旁咯咯地笑,被老师臭骂了一顿,而且手也敞着,没得到包扎。洛叶的手指流了很多血,但到家门前就不流了,洛叶快步走到洗手间把血冲洗干净,这件事就算过去了。只要她不提,就没人知道。

关于爸爸的事她还能想起很多,却不愿意再想了。她跟妈妈不同,妈妈是擅长悲伤的人,而她不是。就像在爸爸的葬礼上,妈妈把眼睛哭红了,来往的宾客也是哭,好像连殡仪馆素不相识的看门大爷也叹了口气,可是洛叶没有。洛叶不喜欢这样,洛叶知道自己已经没有爸爸了,在这点上谁也别想比她更清楚,所以用不着任何人用哭声来提醒她。她出席完丧礼,随叔叔的车先回家了,妈妈仍留在那哭。家里的厨房很乱,四处是宾客的脚印,还有碗筷,锅里有煮剩的清水挂面,洛叶用锅铲挑起几段吃了,回到房间里躺下。中间没有人叫她,一觉睡到第二天中午,没有做梦。

有时候洛叶会想起那些荒诞的电视剧集,想到爸爸也许根本没有死,只是不再爱妈妈,跟别的女人远走高飞了。死亡只是他营造出的假象,好让她们母女难过,自己得以逍遥快活。洛叶再次想到太阳,老师说太阳从东半球下班后就到西半球去看望那里的人,也给那里的人送一些温暖。洛叶总觉得爸爸有一天也会回来的,等到他在那边玩够了。每天洗澡时,洛叶都在浴室里光着身子祈祷,希望西半球不要也有一个叶子,爸爸只要想起他的叶子在这,就总该要回来。

妈妈看厌了落日,转过头来看红绿灯,喃喃一句:"怎么还是红灯?"洛叶想要提醒她,中间有数个绿灯已经过掉了,但想了想,还是作罢。

"妈妈,我们今晚吃什么?"洛叶其实还很饱。

"咕噜肉,冰箱还有两个玉米可以蒸,就不煮饭了,可以吗?"

"好。"

这个路口的红灯格外长,洛叶已经想不到可以说的话题了,但如果她不说,妈妈就又要说一些跟徐叔叔有关的事。

洛叶不喜欢徐叔叔,从他的半秃顶、前面的几撮毛、说话时浓重的口水音,到他的装腔作势、看向自己时古怪的眼神,都不喜欢。洛叶也不喜欢妈妈说起他,更不喜欢妈妈说完爸爸就说他，但总是这样。

"小叶……明天星期六，徐叔叔说开车带我们去摘青桔。"妈妈开口。

"好，但是我不喜欢摘青桔。"洛叶回答。

"你不是很喜欢吃桔子吗，那个地方我们以前也和爸爸去过的。"妈妈说。

"我是不喜欢摘青桔，但是我会去的。"洛叶有些生气。

"那就好，有你在妈妈才会开心的，如果你不在，妈妈会觉得没意思。"妈妈声音中带着愉悦。

"好。"洛叶气消了些。

"前两天徐叔叔到我上班的地方来了，门口的保安不认识他的车牌号，把他拦在门口……"妈妈又说。

"我说了我会去的！"洛叶感觉自己有些失控。

红灯转绿，洛叶冲出去，妈妈大喊："危险，别瞎跑。"

不见洛叶回头，妈妈也跑起来追。洛叶听后面脚步声近了，便更出力迈步。咬着牙，方向也忘记看，就一直往前面去，意识里穿过了两档卖鱼的摊位、三家包子铺、一个小区，又路过六条拴稳的看家黄狗，四片观赏林。直到洛叶再跑不动了，沿着路边用手撑着膝盖弯下腰来，先前所沾染上的叫卖声、狗吠鸡鸣声、阿婆谈天声竟一时齐齐地涌上她脑袋里来，嘈杂得要死，一声接一声，一句连一

迟湖

句，好似把她和时间空间的联系全然阻断了，要逼得她喘不过气来。于是她蹲下身，伏在手臂上大口呼吸，没有流泪。

到洛叶抬头，天已黑了大半。她往四周看，是陌生的街道，一时不知道如何是好。好在对面有公交站牌，妈妈说过，只要有公交站的地方就不会迷路——总有一辆车能把你送回家的，因而要时刻记得离家最近的公交站名。

洛叶站起身，踱到对面去。期间又有大黄狗叫，把她吓了一大跳。洛叶走到站牌前，看上面的字：

"一五六路，到洛阳。"

四 "你"

这刻公交站后面的绿化树使劲地落叶，李洛叶躲在站牌后面却是一口气不敢出。

而公交站牌前面呢，徐叔叔在打电话。这个口吻李洛叶很熟悉，也是最令她厌恶的一种。他每天都挑妈妈做饭的时间拨来电话，妈妈脱不开身，就让李洛叶去接。李洛叶举起电话，迎面第一句永远不变：你是？

李洛叶不知道该答他什么，于是就什么也不答，对面好似会了意，也一个方式地沉默下去。每每要沉默至妈妈在厨房隔着玻璃拉门开口问，是谁打来的电话？话筒那头才摆起腔调，说能让你妈妈来听电话吗。

"妈妈在厨房做菜。"李洛叶撂下这么一句。

之后又是沉默。

只是这次是更纯粹的、不含任何情感在里面的。李洛叶不觉得自己有义务代替妈妈去从脑海中支使出一两件话头来引对方发笑，她甚至更愿意到厨房里去接替妈妈的锅铲，可惜她不够高。

李洛叶三不五时有一些觉察到自己成长的时刻，有一种是当她发现自己的心绪能从本来附着的很多事物中被剥离开去，直至找到一块合适的空地拼凑出她自己。她越发地不讨厌徐叔叔，但也永远喜欢不起来。

第一次与徐叔叔的碰面，想来是妈妈大胆而具有开创性的人道主义实验。

那天李洛叶放了学，回到家里换好鞋，喊了几声无人应答，想就此作罢，谁知道门外转动钥匙声又起，便扑到门口去大叫一声妈妈。谁知道先进门来的是那个穿黑色外套的中年男人——她知道那是谁，只是不想说。

徐叔叔走到她面前，中间过了好多时间，她没有感觉，只是怔在那，该不该气恼都搞不懂了。徐叔叔笑，过来想摸她的头，她下意识往后抽动一下脚，徐叔叔一惊，

迟湖

也退一步，你来我往地，就在面前画成了一道沟壑。妈妈看了，连忙给徐叔叔使眼色，徐叔叔慌乱地从外套内层里摸出一个长条红包来，伸手跨过那道沟壑，到李洛叶眼前才止。

"李洛叶，你好。"

"……你好。"

李洛叶想生气的，她想过哭闹、接过红包撕成两半扔在地上再夺门跑出去，可是她做不到。迎向妈妈的脸，看见那目光催促她将红包收下，随后又接收到一系列对她变得成熟而表示出的赞许。李洛叶感到一阵无力，于是高举了手去接过红包，吐字清晰地道谢，最后回到房间里，轻轻扶上房门。

后来发生的一切都模糊，记不清楚，她双手撑着脸呆坐着，脑子就像一片稠密混沌而亟待被切开的宇宙，她还是想哭，只是哭不出来。她并非有意变得懂事，只是大山在面前坍塌，动不动身都显得次要。她在之前无数次幻想过这个场景，就像妈妈所说——总是要见面的。但这样的见面好像无论如何都会显得唐突，一个人要横空闯进另一个人的生活是很不易的，若是他要去往的位置上本就站着人，那便更难被接受了。李洛叶接受不了，但却想不出任何一个办法来。

又想起张阳溢那个讨厌鬼,他总是在课间大张旗鼓地宣布:"下午我爸爸开车来接我放学!"

李洛叶每每不屑的,她不把头转到后面去,只是回复他:"谁家没有车呢?"

不用看,张阳溢肯定把脸涨得通红了,挠腮抓耳地反诘:"那……那我怎么没有见过你爸爸开车来接你。"

"反正我家有车,用不着向你证明。"

李洛叶虽使得一手避重就轻,但心里还是没底,不敢把话说重了,让张阳溢有心揪出她的秘密来。那时她就想,若是她仍还有个爸爸活着,可以来解她的围该多好。

就像这时,如果爸爸还在,他一定能告诉李洛叶应该怎么做:红包该收还是不收,眼泪应落还是不落。再往深处想想,如果爸爸没有死去,也不需要有个穿黑色外套的秃头男人到她家里来给她发红包了。一切结果都该有因,但如果这个原因又正好是问题的最优解,就是十足的捉弄了。大人爱说的造化弄人,李洛叶好似懂得一些。想到此处,她忍不住弯起嘴角笑起来。

回到眼前,徐叔叔还举着电话。他们只是隔了一块公交站牌,他的声音李洛叶自然听得清晰。

"阿芳,你别着急,她还这么小,跑不远的。"

迟湖

李洛叶此刻就想拔开腿去，不论跑到哪都好，只要不叫他小看了。

"没事的……没事的，母女情深，她也懂得，不会真丢下你。"

李洛叶心里叫骂，情不情深的我们自己总归没有你一个外人清楚了么。

"我等会再往市场那边去看看，别着急。"

李洛叶只盼他坐言起行，快点动身。

"像上次去游乐园那次，她也没走远……不会有事的……"

李洛叶记起那次与妈妈和徐叔叔到游乐园去，三人去坐过山车，本来是妈妈牵着她的手走在前头，但在排队等候的队列中，妈妈转过头去跟徐叔叔讲话，没讲几句就将她挤到后头。她心中烦躁，脚步更滞了一些，前面又连连回头来催促。到了闸口，妈妈和徐叔叔先上，李洛叶在后面测量身高，看两人走得远了，她下意识把腰弯下去一些。检票的姐姐摸摸她的头说，小朋友，你还得再长高一些才能坐过山车哦。这句话前面的妈妈也听得到，她本想起身出来陪李洛叶，但是电动的保险护栏已经放下，只好吩咐李洛叶在原地等候，不要乱跑。

一趟过山车的时间是三分五十秒，门口立牌上就写着，李洛叶等了三分钟，不想再等了。其实她知道妈妈就要到了，何况过山车的路程从她那也能看到，只是从心中升起一股厌倦来，难以克服。

走到门口，天渐渐漆黑下去，一队游行的玩偶马车灯却更亮。跟着马车走，车队里有吹萨克斯的布偶熊、灰色大象和李洛叶。她只是一直跟着走，不知道走了多久或多远，队伍中有鼓声断断续续地传来，她追随着中间空余的部分，就什么也不用想。

她回忆起那个有关洛阳的故事来：如果她此时正走在去洛阳的路上，那该多好。

后来马车停在了路中间，原来路上有要求合照的游客，李洛叶感觉有些累，就退回到路沿。直到车队再次启程，她才意识到自己走到了一个未曾涉足的区域，换句话说，她发现自己迷了路。

她有些紧张，其实这种事在之前已经发生过许多次，但爸爸总能找到她，还要跟她说："别让你妈知道，要是她知道了，我们肯定要给她骂惨的。"

在她赖以沉着的安全感消逝之后，她的脚不自觉地动起来，那是一种没有来由也没有目的的机械性的挣扎，她依靠这种运动让自己再度冷静。但愈是镇静，心里就愈是一团乱麻，剪不开的，还不如让焦灼点燃的好。她此刻就

迟湖

像玩偶马车的轮子，方向和进退全不由自己了。

直到一座结着气球和彩灯带的七色桥前，她看见那个人：秃顶、斜着胯背向她站立的那个，妈妈让她称呼徐叔叔的人。本应算是碰上了救命稻草，但此刻却让她犯难，她应该叫他一声的，但那三个字平时要出口就相当困难，更别说在这种情况。

在她思忖要不要转身离开时，对方已经先于她转身了，像往前往后的所有时刻一样，他们沉默地面对着僵在那里。

最后还是李洛叶往前走了几步，到他跟前偏左一些停下。

"你……你妈妈在找你。"

就像李洛叶不喜欢徐叔叔一样，李洛叶也不喜欢徐叔叔用这个代词叫她，想告诉他自己本是有名姓的，但又想不出一个好让他称呼的名号来。

她虽然有些不快，但什么也没有说。

五　艾米莉亚

那天李洛叶跟着爸爸去登山。

登山是爸爸的工作，有一次她取了爸爸的相机来把玩，不小心删掉了里面的照片。爸爸叹一口气，把她抱在怀里，使劲揉搓她的脸蛋，说叶子，这下咱家这月的伙食全要靠你妈妈的工资了，你可千万不能再惹她生气，知道了吗？

爸爸每周从山上下来两次，每次待一天加一个晚上，期间都坐在电脑前修整照片，弄完了一批，又再到山上去拍新的照片，等拍完了一座山，就到另外一座山去，乐此不疲。爸爸在电脑前工作的时候不允许李洛叶进房干扰，但又总是拗她不过，只好让她坐在自己膝上看，给她讲相机里的各种植物。李洛叶记下了一些：浅紫色的是二月兰，长成心形的是酢浆草。

跟随爸爸上山前，妈妈跟爸爸大吵了一架，气不过出门去了。爸爸急着上山，又不好留李洛叶一个人在家，问她，要跟爸爸一起上山吗。

李洛叶本就对那座山兴趣充盈，以及不懂登山苦累，便欣然答应了。等到车在山脚停下来的时候才过中午，太阳只顾毒辣地晒，不给父女二人留余地。

李洛叶此时知道叫苦，一个劲问爸爸，是否就快要到了。爸爸只是答她，还要往前走一些，不远了。

又走了半小时不到，李洛叶心中只有回家一个念头，在这小径之后无论有怎样的二月兰和酢浆草都吸引她不

迟湖

得了。

她走在后头，爸爸不时回头看她一眼，她便嘟起嘴，要趁此将一肚子不情愿和委屈都向爸爸投去。爸爸知她想法，但又不得不赶她往前走，只有对她说："叶子，你知道艾米莉亚吗？"

"不知道，也不想知道。"李洛叶几乎无力应答。

"好，那爸爸给你说说艾米莉亚的故事，"父亲走在前面，肩膀上挂满摄影器具，一只手提一柄三脚架，另一只手往后来牵李洛叶，"艾米莉亚是一个飞行家，那是一个飞机还没被发明出来的年代，人类只有坐热气球才能上天，但是热气球载重不大，所以当时的飞行家基本上都是女性，有一次艾米莉亚执行飞行任务的时候……"

"后来呢？"李洛叶问，"在热气球结冰和她的同伴晕倒了之后。"

"她一个人爬上了热气球的顶端，把热气球被冻住的排气孔打开，那可是几千米的高空，脚下只要一滑，就要送命，再加上当时她的脚已经全被冻僵了……"

"她可真厉害，"李洛叶说，她没发现自己已不自觉地往前又走了半小时，"爸爸，我以后也想当艾米莉亚。"

"不用等以后，你可以从现在就开始。"

"好，那我现在就是艾米莉亚。"艾米莉亚小跑了几步，夺到爸爸前头。

爸爸笑她："别跑，跑两步又要变回爱哭鬼叶子了。"

"不会的，我以后都不要哭了，真的。"

"艾米莉亚是那种无论如何都不会放弃的人，你能跟她一样吗？"

"能的！"

"如果我跟你妈妈离婚了，你只能跟着其中一个人生活，那种情况下，你也能忍住不哭吗？"

艾米莉亚愣了一下，将这句话在脑海里简单排演了一遍，随后便觉得眼眶痒痒的，不出力克制便要落下泪来。她望向爸爸，本是要答可以一类的词，但话到了喉咙，眼泪又要一起出来，只好一齐忍下去。要换成否定的语句来回答，好像也不对劲，一时不知道如何是好。

爸爸把三脚架杵到地上，把她托起来，用下巴蹭她的脑袋说：

"爸爸在逗叶子玩呢，爸爸不会跟妈妈离婚的，我们一家人会永远……永远在一起。"

后来艾米莉亚在爸爸的肩上睡着，那天山上的云雾、夕阳和兰花也理所当然地被错过。

下山以后爸爸跟妈妈道歉，又和好如初，有关山上的誓言、飞行家一类的，就好似一场梦做过去了。

只是李洛叶在后来与同伴过家家的时候，又扮演过几次艾米莉亚。

六　洛阳

李洛叶乘的公交车摇啊摇。

她想起一句歌谣，最后是摇到外婆桥的那一句。小时候爸爸跟她说过，小宝宝躺在摇篮里，摇去的外婆桥不是真实的地方，是她的梦，外婆在梦里才能见到。她追问，为什么外婆只有在梦里才能见到呢？爸爸刚要回答，挨了妈妈的打。

现在想来，外婆多半是死掉了，就像她的爸爸一样。她此刻在公交车上摇啊摇，也快要见到爸爸了。只是她以前一直以为，摇晃是那种有规律的惬意的摇晃，会使人发困。没想过是像现在这样，把脑袋里的物什搅成一池浑水，昏昏沉沉的不知要倒向哪一边。

车一开始是不晃的，说明应该不是车的问题。那便是路了，李洛叶把头贴到车窗上看，是泥沙路，想来是驶出小镇了。对的，不出小镇，哪能去洛阳。

车上的人都好安静，李洛叶四处打量一翻，好像都是干苦力活的人，一天下来，手已经黑得不成样子，衣服也不规整了，此刻都在闭着眼歇息。这跟李洛叶想象中的洛阳人大有区别，但又好像神似。

李洛叶本来有一个座位，中途有带着两个小朋友的阿姨上车，李洛叶便让了座。她对于此举是有十足把握的，她最近已经可以拉到公交握把了。只是这次，她居然还欠了点高度，需要踮着脚才能够得着。

路还长，她踮脚踮得累了，干脆就盘腿坐下来，视线正好对着阿姨的两个小孩。稍大一些的小弟弟应是这趟车上的常客了，熟练地从阿姨提着的塑料袋子里取出折叠板凳，展开递给妹妹，等妹妹坐下了自己再展开另一张。

小弟弟自己坐下，玩了一会手指缝，觉得无聊，又把手伸到那个塑料袋子里，掏出来一粒水煮花生，放到地板上揉搓，把软趴趴的皮揉掉后想要放到嘴中，被阿姨喝了一声。他滞了一会，准备再犯，阿姨想要再骂，也许是想到车上的其他乘客，住口不发声了。看小弟弟把脏花生塞到嘴中，她又掏出一把花生，小弟弟接过来，用同等方法把花生皮揉掉，还喂妹妹吃了些。

李洛叶想到妥协一类的词，但转头就忘了。

车上的人渐渐少了，是一个挨一个地到站下车。

迟湖

李洛叶知道洛阳是一个站比一个站地近了，她想到一些秋千、黄河以及许多和洛阳有关的事，她的心怦怦然。

李洛叶想起爸爸带她去看庆典那天，露天的文化广场，舞台下面是几排座位。他们提前到了，还没等到开始，就下起雨来，李洛叶扯扯爸爸的衣角，说想要回家。爸爸示意她看舞台下，每个座位上都摆着一次性雨衣，后来他们就是披着这套雨衣看完的庆典——即便雨越下越大，李洛叶的帽子都被刮走了。那时候李洛叶就知道，一个庆典要是决定开办，那就是什么大雨都无法阻拦的。李洛叶的心此刻就在开办庆典了。

车窗外面是一片漆黑，只可惜洛阳城门是看不到了。

车到洛阳的时候天差不多蒙蒙亮。

李洛叶随着刹车顿了一下，便听见司机说："洛阳的乘客请下车，洛阳到了。"

背上书包，李洛叶三步作两步下了车，又两步作一步地掉头上车。

"这里是哪里。"李洛叶问。

"洛阳。"司机没好气。

"可是……这看着不像洛阳啊！"李洛叶很着急。

"你下车之后顺着路往前面直走，走五分钟你就知道了。"司机开了一整夜的车。

李洛叶下了车，跑起来，司机说的五分钟就变成了两分钟。此时她正站在一块大石头前，念上头刻的字："洛阳村。"

她转头望向四周，都是稻田，一片一片的黄色，哪里有秋千，哪里有人，哪里有安国定都的皇帝。李洛叶知道自己受了骗，却不知道受了谁的骗，是大哥哥、是公交车、洛阳村还是自己？抑或是整个世界都在开她的玩笑，把她当作一个牵线木偶来戏弄，无论她多么努力，引得台下多少人发笑，就是无法跳出巴掌大的幕台。

李洛叶感到一阵燥热难耐，想将面前的大石头咬个粉碎，同时又寒冷无比，北风不饶人，直往她怀里钻。她想到妈妈，这种时候妈妈总说她不听话，出门前叫她多穿衣服的。

李洛叶想妈妈了，就蹲在大石头旁看天。她听见公鸡鸣叫了许多声，又扑腾了几下，不一会就被人用绳子结住翅膀提着走出来。好像还不止一家，每家每户都是这样。

李洛叶听见几个趁圩一类的词，也不懂这天是圩日。只见得人愈来愈多，到她前面来支起摊铺，把她逼得无处可蹲，只好站起来。还没等她站稳脚跟，人流又一簇簇地往前移，像是不眠不休的浪潮，把她推到未知的前方去。

迟湖

难懂的乡音是村里人合力结的茧丝，要把她扼死在里头。李洛叶喊了几句，没人回应，人们的眼中只有两侧摊位前摆放的货物，竹编篓、黄芽白菜、青头的子鸭，随便一件都要比她更具有吸引力。彻底放开了手脚，随着人流浮动，倒像是电影里海难中的幸存者，总归要有个落脚的岛屿，此处怎么说也还是村落，人潮该有个尽头。她被冲到人群的末尾，看到一棵大榕树。

榕树像是盘踞在村中的恶瘤，长出四面八方、奇形怪状的根。这些根脉是沉默而具有张力的怪物，不知何时就会从某户人家地砖下冒出来，尽数剥夺人造的美感，再不济也是在路牙子中间长，一不留神就把人撂一个底朝天，可恶至极。往上看是盘旋的枝桠，搂住几座房子的顶，好似历史画本里拥有三宫六院的暴君，不让人有一丝好感。

"咦……"

李洛叶把目光从屋顶往下放，发现枝桠上缠绕着许多绳子，垂吊下来，末端绑一块长木板，不像姜太公的鱼竿，不像千条万条的垂杨柳。

是秋千。

往前走，秋千的脉络逐步清晰。李洛叶感受到自己的手指不住地颤抖起来。一脚踏深，一脚踩浅，就这般一步一步地，把记忆里那些难留住的、送不走的都踩踏进黄泥地里。她开始想起妈妈、大哥哥、公车司机还有讨厌的徐叔叔,最后想到是死去的爸爸,之后就谁都想不到。

来到秋千面前,起初是用战栗的指头试探其纹理,发现与自己幻想中的丝毫不差,随后是握紧,希望把它握进自己的血肉里。她的意识逐渐清明起来,发现自己找到了洛阳,找到了她的秋千。

没有坐,她踮着脚走到秋千背后,一下下轻轻推动它,秋千受力摇晃起来,就着惯性越摇越远,最后一次时李洛叶看见它飘到太阳之上了,接着就张牙舞爪向她扑来。

李洛叶有些失落。李洛叶哭了起来。

迟湖

九龙化骨

安宁在车上颠簸得快要睡着，头一倚就栽到了车窗上，哐哐当当地撞了好几下。人是完全清醒了，一下车却是满肚子的火气。

母亲走到他身侧，一遍一遍地抚他的脑袋，说安宁，你已经长大了，很多事情已经需要你来承担，老是闹小孩子脾气可不好。

安宁分明是想要反驳，只是牵头走着的父亲转身看了一眼，他便不敢多说。可有些话又憋得难受，他明明是在赶明天必须上交的物理课作业，父母亲非要把他扯过一百多公里外的山区来看望爷爷奶奶，虽说奶奶吃饭时被鱼骨卡了喉咙，只是也算不上要兴师动众的大事。

母亲又来牵他的手，说自己年轻时也是这样的，这份气可以在任何时候生起，但只有在成熟后才能消掉。

安宁听了，什么也没说。

拐了两个弯进院，入眼是熟悉的老式建筑：三层楼，二楼向外横生的走廊，恰好就做了一楼的屋檐，再往上也是这般变化，只是如果在二楼往屋檐上看，能寻到安宁小时候捅掉的燕子窝的遗迹。爷爷当时说，燕子飞来家不贫穷。说完就取来藤条要打安宁的大腿，安宁侧身扭过，跑了，爷爷没有追。

入门就算饭厅，摆两张圆形木桌，一大一小，一张平常自家吃饭用，另外一张备着应付有客来访。此刻小的那张上面摆着两盘放了辣的小菜，还有半条还没翻过面的鱼，大的那张旁边坐着爷爷。

父亲走上前去开口："阿妈呢？"

爷爷想要作答，听见里头厕所传来一阵咳痰的声响，父亲就往厕所走去，不一会扶着奶奶出来。安宁看见奶奶的眼睛，是流过泪的，但仍有亮度，看着是痛苦，好像也能支撑。

父亲留下一句让安宁看好爷爷的指令，便和母亲载奶奶到医院去了。中间奶奶也叫爷爷照顾好安宁和两个小表弟。安宁和爷爷被两句话牢牢压在大桌子的两侧，两人对视一眼，竟不知道谁来照顾谁好。

沉默了一阵，爷爷站起身来要给安宁斟水，看他身子摇晃，安宁坐不住，赶忙也站起来抢他提的水壶。爷爷不许，侧一只手来推开他，是有力的。

安宁连着喝净两杯水，喉咙滋润不少，话自然地多了些。问爷爷最近身体如何，爷爷回答一早一晚还是会头晕，自己靠着床沿坐一会，看看窗外，就会好很多。

爷爷前几年患上了老年痴呆，但这不兴告诉他，只是说他得的病叫作阿尔茨海默症，他追问过几次，亲人都告诉他只是小病，很快就会好。他虽有怀疑，但对"阿什么的"实在缺乏了解途径，同乡的人也没有知道的，便草草地相信，过多一段时间，就连疑问本身也忘记了。

后面有人问起他的病来，他胡诌说是头痛，像年轻的时候一样。说是自己二十岁的时候也是经常头痛，当时有一种药，廉价高效，吃下不到半小时就好转，只是现在忘记叫什么了。安宁只当他是回到了时常头痛的二十岁，不愿他和什么老年或什么海默扯上任何关系。

爷爷本身是聪明且健谈的，这使得病症对抗他也显得吃力，虽然这些年他常常不记得刚发生的事，但他还记得朋友们以及他们年轻时的外号，也不会走丢。爷爷还是常给安宁讲开大卡车的阿三的故事，三同了这边方言里傻的音，说他有次开车下坡，刹车失灵，一顿慌张，想要将车子靠边停住，反而将方向盘扯下来，后面他不再锁车，只在离开时将方向盘带上。安宁听完仍然会笑，只是安宁渐渐能感受到他的语速迟缓下来，从滔滔不绝到说任何词句前都要思索一阵，最后归零到沉默。

"爷爷，你这次没给奶奶弄九龙化骨水吗。"安宁继续发问，虽然他内心认定这不过是一种宣扬迷信的伎俩而已。

"九龙化骨水……有的。"爷爷看向递给安宁的水杯。

"那为什么，没有效？"安宁看向爷爷。

"没有效吗……我也不知道，上次还是好的，这次就不行了。"爷爷看向窗外。

"啊，可能是这次的鱼骨头太大了……我也不知道，下次应该就可以了。"安宁知道自己刚才说错了话，也转头看向窗外。

又沉默一阵，屋内的玩闹声逐渐大了，噼噼啪啪的，还夹杂着摔重物的声响。想必是两个小表弟闹不和，爷爷站起身来要到里屋查看，也不要安宁搀扶。

里头两个小表弟打成一团，先前无人问津还好，见了爷爷，就都吃痛大哭起来。爷爷想要过去安抚，又怕踩坏地上散作一堆的玩具，只好扶着门框站着，一句一句地喊："健仔，别哭了健仔。"

安宁见状，绕过所有细碎的玩具，走上前去，抱住他

迟湖

们，用手揉他们的脑袋，一边一个。揉了半天，哭声才停息，再看门外，爷爷已经走开了。

安宁想到小时候，自己也时常躺在这张床上哭闹，把脚踢得很高。爷爷就坐在旁边，说健仔别哭别哭，接着用手揉他的头，等到他停歇了，才同他有一茬没一茬地说话，说自己年轻时曾经为了给安宁的爸爸和大姨小姨买肉吃，偷拿了奶奶账簿里夹的钱，气得奶奶连夜回娘家去，隔了大半个月才回来。又或者教安宁用叶子折帆船，从山顶的小溪放下，可以一路航行到山脚都不沉。几番话说下来，安宁听得有味，连先前因什么而哭闹都记不得了。

想到自己此刻也成了那个有安慰小孩义务的大人，安宁一时之间有许多感慨想要抒发，面前的困难又显得迫切：自己没有像爷爷那么多的趣事可以对小表弟讲述，长时间不说话，只怕他们再哭，现在无论如何也要硬着头皮找出一些话题来。

安宁问他们今晚有没有好好吃饭，一个说吃了一碗，另外一个说吃了一碗半，先前的一个便不服气，说要不是着急奶奶喉咙被鱼骨头卡住，可以吃到三碗。安宁听他们朝赌气争锋的方向越走越远，眼看又要打起来，赶忙把话题扯开。

"看到爷爷给奶奶喝九龙化骨水没，那是爷爷的绝技。"安宁说。

"什么是九浓化骨水？"表弟问。

"笨蛋，是九龙花露水，就是爷爷给奶奶喝的那一碗。"另一个表弟说。

"是九龙化骨水，化骨，就是能把鱼的骨头融化掉。"安宁说。

"我知道这个，我们老师说鱼骨头卡在喉咙里要喝醋，九龙化骨水就是醋。"表弟说。

"才不是醋，我看着爷爷从水壶里倒的水。"另一个表弟说。

"就是醋，可能爷爷把醋放在水壶里了，我们老师说的怎么会有错。"表弟又说。

两个表弟再争了几句，都认为无法说服对方，于是齐齐把求助的目光投向安宁。安宁告诉他们，以前自己也有过这样的猜测，但确实是水。获胜的那方高兴得欢呼起来，另一方恼怒，抛下一句，那奶奶的鱼骨还是没被化掉，走出去了。

留下的表弟对九龙化骨水来了兴趣，追问安宁，"九龙"是什么意思。

安宁想到当时自己也是这样问爷爷。爷爷总是笑着保守秘密，说一句，健仔别急，等你成年之后我就教你。

迟湖

表弟又提了许多问题，安宁无法尽数解答，于是说："你可以去问问爷爷，他也许会告诉你。"

"我才不问爷爷，我要问奶奶。奶奶说爷爷的脑袋越来越坏了。"表弟说完，也跳下床，跑出去了。

安宁愣了一下，想到爷爷许下等他成年就传授他九龙化骨水的承诺后，他盼星星盼月亮地期待了好多时日。当时看来遥远的十八岁生日，到现在已经过去好几个月，而他当时的期盼，又好像变得遥远。人的欲望和太阳系的运转规则互通，隔着一个大火炉看，对面的景象被渲染得无限美好，等你公转到那个位置，又觉得原来站的地方好了。想到最后，安宁只感叹一句，现在的小孩过于聪明，对于水和醋的思索比他早了许多年。

走到饭厅去，爷爷还坐在进房前的位置，就像是从来没有移动过。

看不见两个小孩，想必是让爷爷赶进浴室洗澡去了。安宁担心他们在浴室里打闹，听得里面只有水声，便逐渐放下心来，到爷爷旁边与他同坐。

坐下才发现爷爷的耳朵上还架着一副塑料框的红蓝眼镜，看起来既滑稽又时髦。安宁笑着问爷爷，是从哪里取来的。爷爷说，是以前和你一起去看电影拿回来的，戴着看东西会舒服一点。

安宁想起自己从来没有带爷爷去看过电影,一股不可名状的感觉从心底升起。又想到电影都是假的,需要借助红蓝眼镜让它看起来更真实一些,爷爷现在需要用这种眼镜来看真实的世界,那么这个世界对于爷爷来说是否也是虚假的呢?安宁心里的不可名状顿时具象成某种厌恶和祈祷,一滴泪在眼眶里,只能用力去噙着,否则马上就要落下来。

"爷爷,我成年了。"安宁试探性问道。

"……"

安宁只道爷爷忘记了,想要找别的话题来谈,谁料爷爷又是撑着桌子站起身来,走到隔壁小桌前,拎着鱼尾把鱼翻了一个面,捻起半块鱼肉放进嘴里,咀嚼两下吞了。安宁没有问,但他知道此刻已有一根粗长的鱼刺卡在爷爷喉咙中间了。

爷爷往厨房里走,安宁会意跟上。

爷爷取了水壶和瓷碗,把水倒上了才开口说话,他蠕动的喉结显现出吃力。

"你面朝东站,左手掐三山诀,拿好碗。"

安宁把碗接过了,但他不知道什么是三山诀,只是愣在那里,爷爷替他整理好手势,又领他向东。

迟湖

"你心里想着太上老君,然后用右手捏剑诀画符。"

安宁还没见过太上老君,心里自然混沌而麻木。但剑诀他是知道的,平常在武侠电视剧里看过不少。爷爷在水面上画了一个抽象的图案,安宁学着画了个更抽象些的。

"九龙治骨……万物化解……化钱千万丈深潭……左手化三千……右手仙人双宝剑……"

爷爷还没念完,安宁便听见父亲的车子停在院子里。砰砰地连着响了几声,接着就是父亲的声音:"阿爸,以后就算你喜欢吃鱼,也别老是叫阿妈买鱼了,阿妈不会吃鱼。这样被鱼骨头卡一次,又要我们开车过来,多浪费我们的时间。"

父亲走到厨房里,见到一老一小端着瓷碗,已经明白了大半。安宁知道此刻父亲的火气蒸腾到什么程度,不敢说话,只是等候发落。

"阿爸,你怎么又贪吃,阿妈都被鱼骨卡得要去医院了,你还不怕吗?"

爷爷只是笑。妈妈从外面听了父亲的话,也挤进厨房来,教训父亲不是:"你发什么脾气,老爷都被骨头卡住了,现在说什么都没有用了。"

父亲说:"有用吗。"

母亲说:"什么有用没用?"

爷爷和安宁两双眼睛瞪圆了，嘴巴也张成膨胀的气球，像是有什么理论要从里面迸发似的，可最后还是蔫下去，像漏了风的孔明灯。

等到父亲说，去医院。母亲欷歔地叹了好几口气，安宁此刻知道母亲脑子里有什么，有孝敬家公的义务，有上了一整天班的劳累，还有因心口难一而对自己产出的厌恶。这些都是气，只是母亲在成熟时消掉了，演变成现在驳杂难懂的叹息。

奶奶老了，但听力惊人，厨房里的细末声响也瞒不过她的。安宁以为奶奶也要挤进来说些什么，实际上没有。只是两个小孩洗完澡光着身子追打到客厅里，奶奶奋力斥责他们："不要吵闹！穿上衣服，小心着凉。"

一时间，许多声音挤进安宁的脑子里，安宁就什么也听不到了，世界万物静成一片悄无声息的海。安宁看向爷爷，只有爷爷翕动的嘴唇是有声的，安宁知道，那是口诀的最后一句。

父亲只得载爷爷去医院，这次安宁也上了车。

医生对被鱼骨卡喉咙的情况已是见多了，但是一家人分两次来的确实罕有，不断挤眉弄眼，像是忍笑。后面什么也没问，只是叫爷爷坐下。戴上手套，用钳子往爷爷嘴里摆弄，没两下便夹出一根近乎小孩尾指粗细的鱼刺来。

安宁很难想象爷爷竟是夹着这样的鱼骨同他谈了许久的话，心里不自觉地堆满负罪感。

"你这个鱼骨，差点就拿不出来了，要是再深一点点，随时有生命危险。"

安宁看众人都呼出一口气，只有爷爷是吸气。

"你们老人家啊，不要老是信民间土方法，特别是不要想着用东西把鱼刺顶下去，很危险的，卡到了赶紧来医院就好。"

众人附和两句，跟着又说，谢谢医生。安宁看见爷爷的嘴唇张开又闭合，比刚才还要更像卡刺。

回到爷爷家中，已经是半夜，两个表弟随奶奶睡下了。父亲也不愿再开夜车回家，决定在爷爷家住一晚。又因床铺不够，安宁和爷爷孖铺。

躺到床上，安宁很想为自己让爷爷冒险传授的事情道歉，但话每每到了嘴边，就都是缺了一股气，送不出去，只得原路返回了。安宁用手去扯身侧的被子，探到了爷爷鼓胀的肚子，爷爷以前说，这不叫肚子，叫丹田，凡是需要抒发和伸张的时刻就要用到它，比如唱歌和喊话一类。爷爷的丹田此刻格外丰盈，但四周仍是静的，没有任何人正在歌唱。安宁感受到爷孙二人命运般的相似性。

有狗吠了一两声，安宁更切身地感受到自己的无力，喉咙又不住发痒，想要咳嗽，不好让它干着，就下床去找水喝。走到厨房里，一片黑灯瞎火，什么也看不见，只能凭双手摸索，摸到去医院前搁下的那碗水，举起来刚碰到唇边，听到楼上窸窸窣窣的，应是老鼠在客厅游荡，只怕过阵子它就要进卧室里。安宁把碗端了，想要回房间去喝。

一进门，爷爷已经起身坐在床边了，安宁以为自己又要添上一条吵醒爷爷睡觉的罪责，赶忙问爷爷是不是哪里不舒服。

爷爷说，只是头晕，坐上一会也许就没事了。安宁不敢睡下，陪爷爷坐着。中间爷爷又说了许多自己老了或已经没用了一类的话，安宁连忙逐条否定。

"我这还有鱼刺没有取出来。"爷爷说。

"不可能啊，刚刚医生已经检查过了，已经全部取完了。"安宁说。

"是有的，已经很多年了，所以医生找不出来。"爷爷又说。

安宁听懂了，想到世间所有的咒语都是稀奇古怪，找不到一个寻常腔调，可你却偏偏能够理解。但有些话，尽管你用最工整的语法说出来，配上插电的大喇叭，每日每

迟湖

年地念上一千遍一万遍，就是难懂，很多人永远懂不了。安宁此刻是懂了，一位老人只要到了临老临混沌之际，就如鱼刺在人的喉咙中一样无处安放了。

安宁望着手中的瓷碗，站起身来，转到东面，左手掐三山诀，右手捏起剑诀来画符。

"九龙治骨……"

"左脚踢开龙门府……"

"必神中古经……"

"都有斜血成……"

安宁感觉有风从脚底升起来，呼啸着，将他的袖子卷起来，折了两折。他感觉自己像法力高深的道人，一挥手，风声又变成了呜咽，随着他的指令沉落回地面。

"左手化三千……"

"右手仙人双宝剑……"

"一请天上太上老君，一字值千金……"

安宁把九龙化骨水递过，爷爷举起来喝了一口便睡下了。随后安宁自己也喝了一口，剩下的只管一挥，地面上就多出了一只水迹似的龙首，那龙张开巨口，似乎要将二人吞没。定睛去瞧，眼珠子还冒着月色的光。

安宁很想问爷爷，那根没取出来的鱼刺是否有化掉。但他不必问，再没别的时刻能比现在更足够让他相信那些玄幻和迷信的事物了。夜晚已经深邃，所有年轻而理性的声音都已经睡着，没有任何事物想要来质疑和谴责那位罹患了阿尔茨海默症的老人。他安心地躺下，就像某条被融化了骨头的鱼一样。

迟湖

开眼

到港读研已足两月，口袋中找补过父母早年为我存下的学费，虽是当家，却仍未算作主。草草摸清了柴米油盐的价格，可实际的质素好坏全不会看，见了最多的其实是台风：每周一次，降水量五百打上，通常选在周末，有时淹了地铁站，连着三天都要转乘满座的公交去学校。

此刻正是的，窗外大风叫着，喧闹着，好似趁圩的人群。我躲在房间里，却实在地感觉到闷热和拥堵，和被人丛推搡无异。热气也许来自老旧自建房的颓唐的电路，当前已被刮断；挤压的感觉来自那扇同样陈旧的绿色玻璃窗，看它每日每日地迎着狂风，时时发出倦且痛的哭号声，我真怕哪天它将声音哭断了，碎在我的床前。空气和窗棂正被施压，也即将要压倒我。我深吸一口气，等待击垮我的那根最后稻草出现。

来了。我听见嘭嘭声无序地有力响起，不是台风，是另一侧，那扇让房东自傲的年初才修缮过的新门被敲击。接着是第二下，第三下，我本来打算装作不在家，反正灯早就自行灭掉了，但唐立冬这个恼人精居然还在叫嚷，而且是敲一下喊一句，我怕邻居发怒，只得过去将门打开了。我守在门前，唐立冬拿着纸笔和一包软双喜，显得有些兴奋，同我说："你妈的，来和我玩个有意思的，这次保管你满意。"

唐立冬没有朋友，并且有一对崇尚严管策略的父母。

我说他是因为后者，才有的前者。他很生气，站起来用两只手的食指指着我说，你这是强加因果。我摆摆手让他坐下，并且赞同了他的观点，承认他没朋友确实有极大部分自己的原因。不过他来香港念硕士确实出于父母，本来他已经考上了本省大学的气象学专业，但父母不同意，认为投入许多年精力以及大量金钱培养出一个只能去深山老林照看晴雨表的气象硕士根本算不上回报，并认为如果他能够去读出一个经济学的学位就能懂得这件事。他们的争吵跨度很长，直到错过了志愿确认时间，方才熄火。也就在这时，唐立冬迟来地想出了一个绝佳的手段。他在家中绝食了三天，有点类似于不食周粟，但是会趁父母上班时间到外面小餐饮店吃炸鸡。某天吃到一家使用了过期冻鸡肉的店，上吐下泻，瘦了十来斤。母亲心疼儿子，偷偷给儿子递来近些年余下的家用，唐立冬拿着申请了香港的气象学专业，一申就成了，研究方向是台风。

我说，台风和你十足相衬，气势汹汹，并且兴致说来就来，显得很没脑子。他不在乎我骂他，走进房间就搬椅子坐下，也不换鞋，撕开塑封点起烟来。他抽烟不是我教的，是看了我抽后自己买回来学，呛足三口就会了，此时正是图新鲜而瘾最大的时候。我本想拉开窗子散味，看了下外面的大榕树，已然被吹秃了半数叶子，只好作罢。

他往我的方向打了个响指，问我要不要做游戏。我不想搭理他，他的游戏我见识过，都是奇形怪状例如"盲人点烟"一类的，点烟那次我烧着了头发，所以存心地将话题向别处扯去。跟他说，气象专家，你知不知道有什么地方不下雨，这段时间我是受够了雨，一刻也不想在雨里待了。我知道只要处在这片天空之下，就没有不阴雨的，确定他绝不知晓这么一处地方，所以问他。

没有想到，他反而来了热情，将烟头往我桌面上一招，说，你真是问到了点上，我想到的游戏就是和这个有关。我稍觉离奇，但也微微有些来劲，看外面愈演愈烈的风和越吹越黑的天，心里空空地难过，干脆陪他游戏，算是消遣。于是问他，什么游戏？

他拿起纸笔，给我画起图来，先在上下左右各处画了两三条波浪线，看着是海洋，又画了四五个叠在一起的圈，好似虎皮蛋糕，接着就说："我们现在说的台风就是热带气旋，结构上来说，热带气旋是一个由云、风和雷暴组成的巨型的旋转系统，它的基本能量来源是在高空水汽冷凝时汽化热的释放……"

我打断他："两个要求，一是确实要和不下雨的地方有关，二是说点我能听懂的话，别扯术语，否则不听。"

他龇牙咧嘴，说人蠢事多，让他想想，随后问我："你知道台风眼吗？"

"小时候听过一些，知道台风不像人有两只眼睛，它只有一只，我觉得和肚脐眼的眼字走得更近。"

"是通常只有一只，允许存在特殊情况。"

"然后呢，你说的游戏是什么？"

"台风眼不下雨你听过没？"

"没听过。不下雨？真的一滴都不下？"

"是，一滴都不下，理论上还能看见太阳。"

"那台风眼在哪？"

"理论上是台风的几何中心，几何中心算术语不，但是就我们最近做的研究来看，理论其实有误，我们并不能

迟湖

时刻清楚台风眼的动向……而且并非时时都有，台风也要闭眼休息的。"

我心中本来一阵雀跃，好似看到近来连串阴雨中的晴色，可欢欣的火苗又被他一句话浇灭，气得快要跳脚。便直直地骂他："那你说出来钓瘾？有病。"

他见我起了兴致，连忙递烟过来，给我点上，然后嘿嘿地笑："别着急嘛，我这还没说完，最近真有新发现，强度较高的发展期和成熟期热带气旋的眼墙可能包括主眼墙和次级眼墙，当主眼墙内的对流活动达到一定强度时，靠近眼墙的主雨带内侧会有强对流活动发展并形成新的次级眼墙……"

"我不听了。"

他挠了挠头："我们把台风想象成一个人，通常来说，我们要想找到一个人的眼睛通常往哪看？"

"往脸上？鼻子？耳朵？我不知道。"

"不对，是往他眼睛的地方看，"他说，"我们早在看向他之前，就已经预设了他眼睛的位置，这就是我刚刚说的，理论上都去几何中心找风眼。但其实这不对，我们得允许有人的眼睛会往上下左右偏移一些。我觉得必须打破这种以几何中心为中心的主义。"

"那我们应该去哪里找台风眼？"

"还是那个说法,像人一样,我们的眼皮子长在眼睛上面,台风也有眼皮,但是我们把它叫做眼墙。"

"眼皮长在眼睛上面,那不是得先知道了台风眼在哪里,才能知道眼墙在哪吗?"

"你这也是风眼中心主义,其实可以换个说法,眼睛长在眼皮下面。应该先清楚眼皮的动向,从而确定眼睛的位置,这才是合理的。"

"那应该怎么找到眼皮。"

"找不到,眼皮其实没有实体,或许只是仅属于人类的一个概念。"

"这句说完,你前面的都白说了。"

"没有白说,我说了,我们应该清楚眼皮的动向。我们通常看不到眼皮,但是我们能看到眼皮的一些动作。"

"比如说?"

"眨眼睛,"他说,"我一开始说的,台风有两片眼皮,一片叫主眼墙一片叫次级眼墙。在一定条件下,次级眼墙会逐渐向风眼方向运动,对原先的眼墙进行置换,这和人眨眼睛很像。"

"那我们怎么知道它什么时候眨眼睛?"

他揉揉鼻子,问我:"眨眼睛是眼睛一睁一闭,我们先不管闭眼,人会在什么时候睁开眼睛?"

迟湖

我愣了一下，发现自己似乎在关键的问题上显得笨拙了，但还是没有答案，只得摇摇头要他揭示。

他挺了挺身子，从椅子上站起来，靠靠鞋帮，对我说："人会在遇到阻碍的时候睁开眼睛，台风也是的。走吧，再陪我玩一次，内容是……"

"寻找台风眼，对吗。"

他吐完最后一口烟雾，在纸面上按熄，烟蒂扎在那堆圆圈的中间，刹那间燃起数百道耀眼的火星。我说等我换双鞋，你先出去，这里太窄了。

我们已然没有雨具，原本有一把伞的，到楼下初初撑开，便自作主张逃逸了。我们观察它远去，不像螺旋桨，倒像一尾黑色的游鱼。

我问唐立冬，你预测的台风眼离这边近吗。可惜风声太响，我说的话像是落到了风的缝隙里，难以寻回。只得比出一些个手势给他看，他看了似乎也不太明白，又对我比出更晦涩难懂的手势。我觉得滑稽，便不再动作，只跟着他一直往前走。

走了两三里路，鞋子湿透，初湿掉部分时感觉像石子，拽着人往下沉，等湿透了，隐隐感觉像船，过路时带着些浮力。路上的水溢得似池塘，汹涌起来又同大江大河无异，我们走过许多个路口，就像淌过很多道蕴含着无数个错失的选择的河流。但又忽生豁达，觉得总归要被推到落满不可抗的雨水的大海里去，在台风中间，一切都没有所谓。

走到李福川菜馆门前，唐立冬向我指指川菜馆的门牌，我点头回应他，意思是我还记得。

唐立冬前段时间要我替他去相亲。我说不去，他就说，不是相亲。

我说，不是相亲是什么。他说，就是普通朋友吃个饭，普通朋友，小时候经常一起玩的，就是久没见了，有点尴尬。我说，一起玩过你还敢叫我去，不怕被认出来？他说，认不出来，十几年没见过了。他说着说着要来拉我的手，我说，赶紧撒开，别缠人。他说，帮我一次，我家里非要我和她见一面不可，不见这面我有大麻烦。我说，那你不能自己和她见一面吗？他说，见不得，我和她为什么十几年不见面，就是因为见不得，一见我就过敏，浑身都要起红色的疙瘩。

我不到十一点就在李福川菜馆的招牌下面等。唐立冬说替我约好了，十一点半见，但是最好早半个小时，比较有诚意。唐立冬还嘱咐我，点三个菜一个汤，两荤两素，他报销，汤别加辣，咸淡我看着来。说话就一个宗旨，来

迟湖

拒去留。

等了十来分钟，感觉回南天要到，外面有些闷，衣服变得黏手，就走到里面去等。里面其实也热，邻桌七个人，点了两只锅子，噗噜噗噜地冒气，熏得直流汗，但是比外面舒服点。我把老板叫来，鱼香肉丝和鱼香茄子本来要二选一，结果都想吃，就点了四个菜，加上一个紫菜汤，让老板晚点上菜。点完没多久，龚思雨就从右边的门进来，化了妆，戴一只略窄的金镯子。我其实没认出她来，就是心里有点感觉，加上店里人客不算多，朝她摆了两下手。她走过来扶着椅子坐下，然后说她也没认出我来，我暗暗觉得好笑。

龚思雨说，你比小时候瘦，而且我也没想到你能长到这么高。唐立冬确实比我要胖些，但是身高和我差不多，她有点刻板印象，但我没说出来。我说，你比以前好看。她说，以前不好看？我说，以前也好看，但是没现在好看。

感觉天聊死了，我就一个劲伸筷子夹菜，四个菜只上了两个，鱼香肉丝快让我夹没了，空寥寥地剩在那里，有些难看。我把筷子放下，擦了擦嘴巴。龚思雨说，该整几句话说说，不然尴尬。我说，是该聊，但是不太想聊以前的事情，都过去了。她说，那就说现在的，娟姨是不是催你结婚了。我说，娟姨人好，屁大点事的要操心。龚思雨笑了一声，说，还挺幽默，我叫娟姨你也跟着叫。我想了想，在这场会面里，娟姨很有可能是我妈，接着我说，那你家呢，有没有催你。龚思雨说，催啊，不然也不要我来找你见面。我不知道怎么接这句话，感觉很有些指涉。她说，不过我跟他们说了，我们俩成不了，小时候那些事我还没忘呢。我说，什么事？她说，你记不得了？我说，真记不得了，姐，你要么告诉一下，要么之后也别提了。她没说话，我又把筷子撑到那盘菜中间，扯回来一些肉段，扒两口饭送下去，两个盘子吃得干干净净。剩下两个菜还没有要上的迹象。

龚思雨说，你在这边学什么。我说，气象学，专门研究台风。龚思雨说，这个有意思，过几天要打台风，台风是怎么来的。我说，到了点就该来，就是一件夏天的事情。龚思雨说，看来你学得一般啊。我怕在这点子上丢了唐立冬的面子，他估计要跟我翻脸，忙说，很多种因素，一时半会解释不通。她没有追问。我说，那你呢，是学什么的。她说，学经济，现在学到金融这一块，不过都差不多。我说，要么给我讲讲，乐意听这些，没准听会了，以后能回去搞搞投资之类的。她跟我说了半小时稀奇古怪的人名，经济那方面的好像没说多少，我认识的那几个买卖股票的人她一个也没提，余下两个菜和汤都上来了。我给她舀上一碗汤，说她学得不错。她说，听懂了多少。我说，真要说懂，一句都没有，但就是感觉有收获。她捂着嘴笑起来。

差不多吃饱，龚思雨问我，你真的不记得了吗，连你踢我的那一脚都不记得了？我说，还有这回事？她说，那时候我和你在石岩小学门口，忘记是罚站还是没带伞，总之在等雨停，那时候我说了一句，天气预报都是骗人的，你就生气了，说没有骗人，天气预报不会骗人的。我说，然后我就踢了你一脚？她说，我们吵架了，吵得很大声，有很多人围过来看，我觉得丢脸，在你脸上扇了巴掌，你才踢我的。我说，那你踢回去没。她说，没有，被你踹到雨里，我就只会哭，感觉雨声小了，哭声大了。我说，你要不现在踢回来，别踢前面，我刚吃饱，可能会吐。她点点头，后面又说，算了，还是不踢了，小孩子的事情，较真挺没劲的。

龚思雨说，含羞草那件事你也忘了？我说，我以前还研究植物？她说，不是植物，是含羞草，我养的那只仓鼠，我真觉得你是扮懵，这件事没理由不记得。我说，隐约记得一点，要不你再说清楚点。她说，那时候我们家出去旅游，把含羞草寄放在你家了。我说，想起来一点，放了三天是不是，小家伙，还挺能吃。她说，能吃你就拿人家做实验，富兰克林？我说，什么林？她说，你把它绑在风筝的底下，然后风筝放上去，这头就电焦了。我说，我在物理书上看过这个，你不说我真没想起来。她说，我也看过，当时就问你，明明书上标得明明白白的实验，你为什么要再做一次，还非要别人的宠物来做。我说，我当时怎么说的。她说，你说不做过就不能证明书上的是真的，我们必须要实事求是。我说，那你怎么回答我的。她说，我说你确实是个很有实证精神的人，但你的实事求是不能掩盖你的自私和卑劣，以后我们不见面了。

快要走的时候，龚思雨问我，你点过痣没有。然后指了指嘴唇旁边。我知道唐立冬嘴巴旁边有颗痣。我说，点过了，七十块，一点痕迹都没有。她点了点头。出了川菜馆的门，她跟我说，今天还是挺开心的。我说，吃饱了吗。她说，挺饱。

我还是第一次相亲，不知道接下来有什么流程，就转头要先走。她叫住我说，等我上了的士你再走。我说，好的。路过几架的士，我拦下来一辆，替她开门。她坐到车上，将车窗摇下来，说，这顿饭开心是真的，回去告诉唐立冬，他是能干成事的人，他有那种品质，具体是什么我也不好说，反正就是有。另外，你说话挺有意思的，下次

迟湖

可以另外和我出来玩。

我回去把始末告诉唐立冬，他说，妈的，就这点小事，记一辈子。

又走了一阵，唐立冬拉着一根柱子驻下足来。我想跟随他，却不自主地被水推过去一段，幸好他拉住我的衣领，将我领向那根红白条纹的柱子，我抬头看，是油麻地的公交站牌。

风好似弱了一些，我问唐立冬，难不成我们要坐公交车去吗。唐立冬说，走的话要走到天亮了。他说罢，又觉得自己的话带点双关的意思，忍不住笑。

我说，我的意思是，这种天气还有公交吗。他说，黄色的肯定没有，红色的，双层，底盘很高，也许有也说不定。我说，你这种期待很理想主义。他反问我，寻找台风眼这件事本身，够理想主义吗。我说，挺够的，那如果巴士不来，我们应该怎么办？

他说，那我自己走过去，走到天亮。我说，非要去不可，很重要吗。他说，很重要。我说，为什么重要？

他不答，装作没听见。我知道他听得清楚，只是心里不太明朗，不知是不愿说还是没有答案。

等了两刻钟，车来了，果真是红色的双层巴士，此时行在路面上，摇摇晃晃的，好像在走船。我们挂了一身雨上车，司机没说什么，关切我们找空位坐下，随后就摇晃着将车开走了。这时候哪有人出门，整辆车都空着，唐立冬选了个靠后的位置，说这种情境反而让他感到幸福，大有摇到外婆桥的意思。我没说话，顺着他坐下。

每行过一个站点，我就问他，确定是这条线路吗，确定能到吗，确定有台风眼这回事吗？起初他有心答我，字字铿锵，是这条线路，能到，相信我。随后声音瘫软下来，底下的座位渐渐被濡湿，身子也逐步滑落下去。我又再说了几句，不见回应，想是睡着了。

巴士的窗户比出租屋的要坚固些，可仍受不住力，咿咿呀呀地，像是忍痛。窗上有雾气，擦了又有，路边停靠的私家车被水没到了车窗下方，隔着雾望过去，像空洞着眼神的愚公，奋力地匍匐着。

唐立冬睡熟了，但是没告诉我应在哪个站下车，我仍在想要不要叫醒他，他便唔唔地吐出一串字来。我听不清楚，凑到他面前，问他，你说什么？

"妈妈，我说，我可能这辈子都成不了材的。"

"成不了就回家，没事的。"我说。

"我不能回家的，我离家太远了，"他语速很快，"我昨晚做梦了。"

迟湖

"梦到什么了？"

"梦见我成为了台风学家，我写的论文是其他人都没想过的，全世界都夸我。"

"那你有把握吗……你的台风论文。"

"没有，我写的东西都是猜测，我还给你写诗了，妈妈。"

"给我念一段吧。"

"每一夜，都有月亮熔铸成更陈旧的月亮，我来自你，什么时候成为新的你……"

他的语速降下来，像落雪一般，轻飘飘的，我看他眼角湿润，微微涨落，似要流泪，便不敢再说。他的诗作还未念完，咂咂嘴又吐出来一句：

"妈妈……我想象有一条脐带，它从没来过。"

在末尾两个站，唐立冬睡醒了，问我现在到哪。

我报了站名，他说，过了，我们下个站就下车，往回再走一点，还能接受。我有点疑虑，如果我们穿过了台风眼，那我应该能看见晴日，可是外头呼啸声依然，不见有停过的迹象。但我不愿泼他冷水，没有说话。车行了几分钟，我们下车，车子摇晃着离去。

唐立冬跟我说，冬天出生的孩子会比夏天出生的孩子聪明一点。我骂他扯淡，标榜自己也找个合理的说辞。他说，我不是冬天出生的，我是夏天出生的，但我爸希望我是，给我起了这个名字，听起来像是梅花。

我说，那你有比冬天出生的孩子笨吗。他说，有的，我死脑筋，还傻乐，我也不喜欢梅花，就喜欢夏天打台风。我说，不太能理解。他笑了一下，说，那你不是死脑筋，我小时候住在奶奶家，家门前还没变成烂泥地的时候，有一片莲塘。我搬椅子坐在二楼，想象自己是一片荷叶，顶上就是呼呼的台风，我把拳头向着天上乱挥，撞着风声，显得很有力量。

我不愿再跟他扯皮，闭上嘴巴没命地走。他本来带路，现在反倒要在我后面，我才超过他，走没多久，他就在后面喊，错啦，错啦。

我们又走了一阵，风不见小，反倒紧了些。唐立冬走在前面，嘴上不住叨叨，听不清是什么，看嘴形是，没错的，没错的。我知道他有些不自信，仍随着他走，只见他脚步越来越大，将膝盖顶得越来越高，仿佛用力在发泄。我不说话，只敢往前走。走了约有半个小时，仍是未见阳光，又仿佛打了几个转，前方尽是雨。

我说，按你说的，这里是风墙吗。他说，理论上是，但我觉得不是，风墙的风速要比台风任何地方的都要高，我觉得不可能只有这点。我说，我感觉现在就挺高的。他

迟湖

说，不是，真不是，你感受一下气温的变化，有个词叫暖心结构，风眼是暖心轴线，眼区的温度比周围要高得多。我想说，好像都差不多，怕他难过，说，确实好像暖了些。他缓了两步，好像在感受，最后自己摇了摇头。

他脸色比天还要黑，阴下来一大片。我想要开导他，跟他说，找不到也没关系的，游戏有赢总有输嘛，没有非赢不可的道理，况且你用天气做游戏，全然是赌博，不由得你的，那句话怎么说的，天要下雨，娘要嫁人。

我这时想要去搂他的肩，他竟将我的手甩开了，说是我不懂。我说，我有什么不懂的。他说，你懂不了，这个游戏，关乎到我的研究。我说，那又怎么样，研究哪有一次搞成的，这次搞不了下次再搞不就好了。

他说，之前骗了你，我来读书的钱是我妈偷拿我爸银行卡取出来的，我爸以为我去小公司上班去了，现在发现了，要我回去。我没有说话。他又继续说，如果我能搞出点成果，也许还能留下来，但是……

我一时不知道说什么，只见他语速越来越快，越说越多，后面的词句愈发模糊。他逆着风奋力地往前冲了一段，我想拉他，拉不住。只见他奔到马路中间，喉结滚动着，好似天上的雷公，即将要爆发出来。

他的嘴动了，起先没有声音，但不断反复，越来越有力，声音也逐渐明朗，仿佛穿破狂风，穿破云层，传到我耳边，传到天顶："开眼吧，你妈的，老天，给我开眼吧。"

叫嚷十多声后，他的声音最终从狂放变得哀伤，从有到无。我走到他跟前，跟他说，走吧。他又续上气力来叫了几声，听着像祈求，脸上都是水汽，分不清是雨是泪。他说，开眼吧，不开眼我就要走了。

半月后我收到唐立冬在老家给我发来的消息，是一张图片。图片上画着云层、山川、海洋，看出来是台风图。他将台风眼标明，我放大看，正是我们所走到的地方，但最中心处，画着一颗蓝点。

我问他这是什么，他说这是同心眼，一种极其稀少的情况，就是在台风眼的正中心下雨。

我说，那我们是找到了台风眼对吗，我们在这场游戏中获胜了对吗。他说，是的，不仅如此，我们还找到了额外的一颗眼。

我说，那不是眼。他说，那是什么。我说，是台风的眼泪。

说罢，我仿佛回到了街道上，回到那些缭绕的水雾中，作为台风的一份子存在。遥望着远处，有一片光芒覆

迟湖

盖的街道，唐立冬还在大吼大叫，我听到了他的声音，天空也听到了。到这时我才看见，有一束阳光落到他身上，灵动着、希冀着。他没发现，仍在失落。回想起来，在那仅有的微不足道的阳光中，他的哭声惨痛却优雅，回击有力而幸福。

小中医

我第一次见小中医是在南门街二十五号，他爷爷的铺子里。最后一次是南门大道尾。中间不过两年光景，要跨过一条河和半座山。

认识他的前一天我辞了工作，搭车回到老家的小镇子上。小镇四面环山，座座高耸入云，唯独南部那座侧边拦腰折断，开出一个小口来，镇上人从中穿过，所谓南门。大巴车穿过南门山往镇上开，走完南门桥就是南门街。我到了家中，还未把凳子坐热，母亲就遣我去老中医的铺头捡药。药是我爸惯喝的那一例，他咳嗽已有段时间，除了他自己，全家人都知道是癌。

一进门就看到小中医了，他站在朝街心开放的柜台前，吃力地舂打着擂钵，使的是一把拳头大的铜臼杵。身后挂一扇垒到天花板的柜墙，其中填满写有药材名字的抽屉，有几个拉开了忘记推回，迎上窗棂折下的一束光，可洞见尘粉整团整团地往下落。他见客来也不抬头，仍是捣药。

我走至离柜台两步远处，问他老中医的去向。他抬头看我一眼，说几日前过了，现在是他来掌柜。我又问知不知道老中医仍在时给我爸开些什么药，想了想又补上一句，我爸是万福路上卖水泡豆腐的，豆腐李。

小中医听罢，先不点头，弯下腰去从帐面下抬出一大把单子，扶正眼镜来一张张地看，翻找了十来张后才"唔"地应了一句声，问我爸得的是不是鼻咽炎。

我想了一会，告诉他，是也不是。他没有理会我的哑谜，转身到后面柜墙中抓出几把药材来，嘴里不住念叨："生地四钱、牡丹皮三钱、天花粉三钱、知母两钱……麦冬、女贞子、旱莲草、石斛、蝉蜕、薄荷、桑叶、绿萼梅、甘草……"

抓到一半，似乎忘记后面是哪一味，又将药方从头到尾背过，背到一半时，竟连药方也忘了："旱莲草、石斛、蝉蜕、薄荷……薄荷……"

"后面是桑叶。"我瞟了一眼桌上的单子。

"是……是，桑叶、绿萼梅、甘草……"他将嘴里的药方续上，两手在数个抽屉柜中间腾挪推拉了好一会，总归是捡齐了。

他将药材平铺到桌面上,用手抚了一阵,捋不平的挑出来用药铡切碎,小块的则直接丢到钵里舂,规整后用油纸包好,向我递来。

我伸手接过,询完价钱之后取出手机来想要付款,四处都不见收款的二维码。他向我指明柜台上用透明胶布贴好的字条:只收现金。

这让我犯难,浑身上下翻找,死活掏不出一张纸币来。他见我难堪,开口说:"老头的规矩,没办法……你先拿回去吧,之后过路顺便给上就行。"

我向他道过谢,说我回家把药煎上就来还钱,别记豆腐李的账。

我爸天天卖那几件豆腐,每每想的就是一个清白,我不了解究竟哪一声咳嗽会要他的命,要是他到了下面,跟阎王爷对账的时候,发现自己多出了一行没还上的,指定要记恨我。我听说有些人混得不好,就是因为没能和下面的先祖搞好关系,想到我辞了工作回家照料父亲,是不是也要担上提前向死人夤缘的谄媚名声,一时觉得无奈又好笑。

回到家里,煎上药时我爸已经睡下了,我妈陪着我在厨房里看火。我想到药店里发生的事,与她提起一些。

她说，老中医的身体是出了名的好，也不知道为什么说走就走；依稀记得小中医的名字是抱朴，比你要小一岁，出世那天是寒露，很冷，算命的说这是转凉的天兆，对家里不好的，急得老中医只穿了一件汗衫就到我们家里来，买了几十斤豆腐，说是做豆腐宴给小孩洗清白晦气，你爸跟我说，那老中医冻得嘴皮子比家里的豆腐还白呢。

"那后来呢？"我问她。

"后来，后来他家道果真直落，他妈妈跟大老板跑了，他爸听了人说，在城里见过她俩，就到城里去找，这一找就是十几年没有声气……留下这一老一小在镇上，好不容易，"我妈走到炉子前将火熄小了些，"还好老的有个铺子撑着，才算是把小孩读书这段大开支的生活熬过来了。其实那个铺子地段很旺，但现在卖中药哪里赚钱，租出去肯定还要更值钱一些……我去开药的时候跟他提过两次，到了这岁数的老头都牛精，犟劲，听完把胡子给我像这样一撇就不说话了，还怪好笑的。"

我向她又打听了一些小中医的事。她说，这小孩懂事是懂事，可惜没有灵气，想来是出生那天冻坏了。小中医读书卖力，但就是读不好，老中医想要他学医，他就报了个医科大学，读西医，读了两年实在读不下去了，就回家跟老中医温习他祖上的老本行，据说也一直没学明白，中间换过两次工作，都是半桶水。

回忆起他抓药时的窘态，似乎和我妈说得不差，只是看他舂药，又有着几分认真的热诚在里面，这二者一交错，就勾勒出小中医的痛来了。我替他可惜，再想到自己，恐怕还更要不如的：他好歹正在继承家业，我爸的豆腐摊只怕要带到地下去了。印象里我爸跟我提过两次豆腐的事，听来和说来都像是玩笑——他说，等我这代完了，咱家这手艺肯定就要失传了，附近起码三个镇里里外外再吃不到用石膏点卤的老豆腐了。有一次又说，儿子，我辛辛苦苦一辈子供你读大学，就别想着我这豆腐摊了，没劲，既然去到了外面，总得给我混出个像样点的名堂来才好。

这件事越想就越是头痛，正好火芽连着抖了三下，我妈掀开盖子，说药已经煎好了。

自我爸得病以来，我妈细心了不少，就说煎药这块，怕呛到我爸，总是放个半凉，先要尝过温度以后再递到他的床边。无论哪一份药，没有不先过她的嘴的，这次也是，她举碗到嘴边呷了一小口，说味道有些不对。

我问她哪里不对，她说是较老中医开的要更酸一些，说完就递过来要我尝尝。我哪里尝得出来，只得用嘴唇稍稍碰一下了事。她追问我，我便说反正只是一些利咽的药，真要不同也不会有大问题。她想了想，将碗取过，拿到洗碗池处倒掉了。我不知是白跑一趟有怨，还是替小中医不平，久久说不出一句话来，过了一会，她说以后得换一家中医铺头捡药。

我取了钱出门时已近夜晚，不知道中药铺还开不开。

虽说这样想，但还是走出去，有开就还上，不开当散步，怎样都不吃亏。走到铺头前，真是不开，卷闸门拉到一半，推推便哐当地响。

想着他应该是去吃晚饭，就打算在门口坐着等他，坐了几分钟，被蚊子叮了几处，红肿成一片。取出一支烟来，想要熏熏蚊子，不料又有风，擦了许多下火石仍是点不着。忽的伸出一双手来替我挡风，我将烟点上了再抬头道谢，是小中医。火光在他的眼核里映着，风挡掉一半，其余的断续吹过来，显得有点雀跃。

我取出烟盒来要给他分烟，他摆摆手说不会抽，只是又直直盯着我擒到身侧的香烟看。我有些不解，又难以开口问他，好在是他先说话。

"你那个烟灰能给我不。"

"什么？"

"烟灰，我取一些来做药。"

迟湖

"烟灰也能做药？"

"能的，烟灰也是草木灰……"他一边提起卷闸门，一边朝我的方向看，似乎怕我将烟灰抖落了，"我试过许多次，效果似乎还更好些。"

我对他点点头，他便取来一个小木匣，将里面原本的草木灰颠掉，伸到我面前。我将烟灰弹进去，又深吸了一口，吐出浓重的烟雾来。等到一根烟抽完，我看那烟灰只够填上那只木匣的一个角，便想要再取出一支烟来。他将我的手按下，说已经够用，抽太多对身体不好。

我夸他很有创新精神。他说不算创造，什么破烂都可以往肚子里面放，这是我们最为伟大的包容精神。说完又背了一段晦涩的古文，"玉札、丹砂、赤箭、青芝、牛溲、马勃、败鼓之皮，俱收并蓄，待用无遗者，医师之良也"。

问他这是谁说的，他说忘记了，以前记得的。又问是什么意思，他告诉我，无论什么东西，总归有点用，到了有用的地方，就该有用，这是中医里的学问。

我觉得有点绕，而且半数都是废话，便不再接他的话，从口袋里掏出药钱来递给他。他接过去，也不用手去辨真伪，说是好久没收过这么大的面额了，有些欣喜。

说罢便走进柜台里，抓出一大把纸币来给我找钱。等了半分钟，他将药钱递还给我，说找不开。我想了想，说先放你那吧，反正以后也要来抓药，就当预付着。他脸上显出兴奋，但仍要将钱还我："那就更不能要了。"

"为什么？"我不懂。

"其实来找我开过药的人，很少有再来的，"他伸手挠挠头发，"我怕叔叔哪天觉得药不管用了，钱压在这里，你们不好意思要回去。"

我不敢跟他说他的药甚至没能到病人嘴里，只得哄骗他，说我爸喝了，说喉咙舒服多了，让我多给他抓一些回去。

他脸上又显现出新一层的喜色来，将之前的盖过了，说下一剂要给叔叔用些好的药材，白天的那份用的都是劣质旧货，没想到还能这么有效。手边不闲着，急急忙忙地往后面抽屉里取药："再加上现在的人不都觉得中医无用，我也不知道我能不能做下去。"

我对他多了些理解，又认同他的不被认同，问他："那你自己觉得有用吗？"

他的手僵了一会，似乎在认真思考，最后竟停下来，将手扶在头上沉思。

"等哪天我想好了再告诉你……但我觉得吧……总归有点用。"

我听他说完，便拿了药，向他挥挥手，出门去了。

迟湖

后面我又在他那捡过好几次药，都是我喝的，和他的关系也近了不少。

我本来打算的是在镇子上随便找份工作做两年，好看着家里的情况作定夺。没想到自己的专业在小镇上完全派不上用场，又没有别的技能，只好在家待业。当时我爸迷上用手机打锄大地，三块钱能买一千代币，总是输，花完了就再买，好像不怎么心疼，和我说话也少。有次他打到困了，把手机扔给我，让我替他打两局，我打了一下午，赢回来几十万代币。他睡醒接手，调到倍数更高的场子，没几下输完了，又买上三块钱，换回低倍数的继续打。我说："爸，没必要玩这么大，不是心疼这几块钱，是怕你输多了泄气。随便玩玩得了，总归是个消遣，玩大了没意义。"我爸说："儿子，你爸这辈子没上过赌桌，就是觉得没意义，挥一挥手房子车子出去了，逞啥英雄啊。这段时间有点别的想法，脖子梗着，上不来气儿，有时仰着脑袋能顺下来一口，有时候不行。我觉得人啊，一旦这气儿上上来了，什么都是意义。你说是吗？"我听完不知道怎么回答，琢磨起来，时间就变得慢了，早就到黄昏，太阳却始终落不下来，连着后面好几天都这样。

在家的时间不好消遣，也就经常到小中医的铺子里面闲坐。看得多了，才知道中医里面的确有诸多门道。大的望闻问切、辨证论治不消说，小到往擂钵里舂药也有数种手法，对小中医也生出几分敬佩来。小中医也算争气，将店门每天十数小时地开着，慢慢争取来了好几个常客，算得上欣欣向荣。

中间还有一件事，征地拆迁的人来过，说是南门街快要改造成旅游商业一条街，老中医的店铺很大，能补偿到一笔巨款。小中医听完，只是低着眼看账，一言不发。征地的误以为他只是打杂的，说等到能作主的人在的时候会再来。

那行人刚出门，我便笑话他说："小中医，你要发财啦。"小中医苦笑道："这个财我可不敢发，老头要我把这个店守一辈子的。"

我本想说，那你等拆迁重建完可以再将这个店买回来，到时候做烧烤夜粥啥的也不比中医差，更何况老头都去了，哪里管得着你。想到我爸那处也是江河日下，便不敢说出口。说出口的是，那要是他们要来强拆你的，你也没个办法。

小中医摇摇头，说，现在早不用这一套了，我人在这里，他们能怎么办，要是他们真有办法，那能开一天就算一天吧。

我知道他的脾气多少遗传了老头，也就真把店一直开

迟湖

着，拆迁的事情再也没提过。

有天我到店，发现卷闸门是闭着的，小中医坐在门边上。我走近了，发现他腿上晾着原本挂在门上的牌匾，已经断成两半了。

我问是什么情况，他不回答，只是问我要一支烟。我掏出烟盒来给他，他问我里头怎么是五颜六色不同的烟嘴。我说："最近失业在家，这么大岁数的人，不好意思问家里要钱买烟。三不五时和朋友出去聚会的时候，就把他们给我派的烟都收在烟盒里不抽，等话头密了，再从他们的烟盒里拿烟抽，没人发现。"

他问，那我该抽哪支。我挑出一支最好的给他，替他点上。

见他深吸了一口，过了一会就全呛出来，再咳一阵，竟咳得眼泪一把一把地落在牌匾上。我说："刚开始，先小口抽。"

他说："早上有一个人来看病，看了病回去，中午又来，说自己吃了药之后上吐下泻，说我是黄绿医生，要我赔钱，我说不应该啊，给你开的药都是凉热平衡的，我再给你开点止泻的药，你回去吃吃看，然后我就准备给他配药。"

他将左手悬到空气中，端作一个药钵，右手虚做舂打的动作，真就似拿着那把铜臼杵一般："我一边给他配药，他一边骂我……过了一会就走进来好几个人……好几个人一起骂我，说要拆了我的招牌……过了一会就拆了，还让我别开店了。"

他一遍遍地说着，手中的动作也从未停歇过，开始显然带着忿恨，将衣袖扯出阵阵的风声，而做到最后，竟如深闺绣花般的轻软无力。

我听得气恼，见他落泪，又替他伤心，取过牌匾来，看看是否还能联成一块。上手了只觉得虚轻、不合重量，再看中间，知道是挂了太久，本就已被白蚁蛀空了。

他知道无法修补，反倒来安慰我，说这招牌有没有都一样，反正也没什么人来的。

我陪他坐到太阳落山，中间点了许多支烟，问他，你的店明天还要开吗。他眼中的泪花都没落完，说开啊，老头要我开一辈子的，我能开一天当然要开一天。

从铺头出来，我去找了俊哥，他坐在烧烤炉子旁边，比从前要胖一点。

我初中时候在三中上学，这边有流传一句唱词：一中学，二中混，三中人人揸钢棍。当时我长得矮小，自行车车胎就老跑气儿。当时让自行车不爆胎不跑气儿有两种方法，一种是交钱，一种是办事。我那时候每周五十零花，早餐吃三个肉包子，拢共六块钱，看着脸上有点油光，其实是钱也没有，事也办不成的。我不仅自行车爱坏，还挨过两脚踢，那次放学回家我就给我哥打电话，我说，活不了了，哥。我哥说，弟弟，你先活着，这周天我带你去见我以前的马仔，有料。后面就带我去拜了何俊杰的山头，我哥当时在六高，除了职高以外，六高最能打。

我说："俊哥，毕业之后没见过哈。"俊哥说："混得好的不用见，我们是什么货色自己都清楚，不太拎得出手，时不时心里想想就行了，混得不好的，往我这一坐，都是兄弟。"我说："那是，肯定是兄弟。"俊哥说："我记得你之前不在这，出去了。"我说："出了，出去读大学嘛，读完就在外面，刚回来不久。"俊哥说："遇到事了？刚回来就。"我说："俊哥，我没啥事，一个朋友，你帮不帮？"俊哥说："多熟？"我想了下，告诉他，在我爸生死簿那个缝上面认识的，应该算是过命的交情。俊哥说："好了，给你两个电话，都是以前的兄弟，嘴巴不多，动起手来狠，你说是我让你找的就行。"我说："以前的兄弟，我认识不？"俊哥忙着给炉子扇火，停顿了一下，说："应该不认识，电话给到你，打就是了。"

俊哥给我上了一串鸡心，四五串掌中宝，两根红柳大串。我说:"俊哥,别烤了,坐下来吃点,我就吃两口。"俊哥用肩膀上搭的毛巾抹了一下耳朵,仿佛擦拭仪器。我说:"来一起吃点,我吃不完。"俊哥说:"你先吃,又来了两只单,能吃多少吃多少,吃不了算我的。"我把啤酒起开,笃的一下,泡沫涌出来,在手背上变成甜和腻的水。我遥遥向俊哥敬了一杯,到前台去结账,顺路从后门走了。

出了桐林巷口,我拿着俊哥给的收据单子,对着上面的号码拨电话。俊哥字迹潦草,一和七极其难辨,偏偏又在两个号码中都占多数,两个号码,实则拨出去八九通。问得是拨对后,我草草说明了来意,约了在南门街见,对方果真话不多,说过会儿就到。

我先到,等了一小阵,两人分别过来,都不壮硕,也没有染发和纹身。不过热天穿长袖,估计有疤,看得出手黑。前面来的人也算客气,叼着烟过来的,见我在等,扔地上灭了,走到我身边递过来一根,再给自己点上。这人我认识,初中时被他踹过两脚。我说,李哥,抽我的吧。说完也递过去一根。李哥说,你认识我?我说,俊哥提了一嘴。李哥说,哦,俊哥的兄弟,就是好兄弟,有什么帮得上的,开到这个口,拼了命也要办到的。后面来的话更少,李哥向我介绍了一下,说这是关哥,祖上是关二爷,能使大刀，挥起来有风。我说，关哥，刀没带出来？关哥说，十九岁使猛了，砍伤人。我说，落那里面了？李哥说，憨鸠，带着那把刀进去，现在能在这？早扔外面了。

我和李关二人简单说明了情况，有人会来砸场子，我们得在这看着这个店。李哥说，为什么不进里面坐。我说，里面那个我朋友，硬颈，不要别人帮的。李哥说，那我回去睡会，前段时间刚盘了间花店，也住人，就在南门街，有情况你再给我打电话。我说，行，关哥要不也先回去，要是有人来我给你打电话。关哥说，不用，这家店的老头我认识，颈确实硬。

连着几天，我和关哥都蹲伏在巷尾，清早就到，晚上小中医卷闭闸门才走，中间半句话也不说，烟和水无论买多少，一日内总能清空。到第四天中午，我说，关哥，要不你先回去吧，一直在这耗着，耽误你做事。关哥又点上一支烟，说，最近没事，而且快了。我说，什么快了。关哥说，人快来了。我说，哥，你通神了不成，怎么能知道的？关哥用拿烟的手向街头指指，说，瞧见没，平常恶死能登那几档，都不开门了。

到下午，转了南风，但是阳光不错。小中医将一个个抽屉搬出来晾晒，我知道这是他回南天的必要程序，不然就要尽数发霉。小中医搬到半数，周围已经聚了三四个人,此时也知道又要闹事,就停下手来,问他们有什么事。应该是今天的第一句话,嗓子还没开,听起来颤颤巍巍的。来的人说,就这些烂药,还要晒呢?小中医说,这些不是烂药,烂的还在里面。周围几个人有点乐,一时也不知道怎么办。为首的说,你这店别开了,开了几十年,坏了不知道多少人,不开就算积德了。说完把脚捅进写着蝉蜕的屉子里,搅动两下,踢飞出去。后面的人也跟着,毁了好些药材。小中医进屋里拿了扫帚,作势要打,可是没人怕他,见他双手举着,立在原地好一阵。

我看了,正要冲上前去,关哥一只手将我揽回来。我说,开冲了。关哥说,几个人?我说,六个人。关哥说,我们几个人?我看了看小中医,说,两个人。关哥说,那不行,你去叫李子来,说对面有六个人,这里我护着,一时半会打不起来。说罢便走到前面去了,我往另一头冲了出去。

我和李哥到的时候,关哥正拿拳头往闹事的头头脸上招呼,关哥不壮,但是高,扯着衣领将那人提得离地,一拳一拳地挥去,我微微眯一下眼,真像贴画里的关二爷醒转。其他人拿着椅子腿、木棒一类的直往他身上打,连小中医拿着的扫帚也被抢过来对着关哥猛挥。我还想招呼李哥一齐上场,不料他老远见了,就冲到人群中,殴成一

迟湖

团。别说小中医，我都没怎么见过这场面，犹豫了一阵后也加入其中。激战正酣，其实很难分敌我，我对着背向我的李哥奋力踢了两脚，李哥像吃了鞭子的驴，更卖力了些，截了一根棍子过来，挥得呼呼响。

我当时脑袋上挨了一捶，看东西左摇右晃的，并且耳鸣严重，忽然听见一声："我操，别打了。"

众人都顿了一下，可是辨认不出是哪方发出来的，况且斗到此时，新仇旧恨皆有，哪里肯停手？于是又听到一声："操你们妈的，非要打出人命为止？"

只见小中医站高了，在档铺前面，那块被砸得零碎的牌匾下面，指着我们，又大喊了几声，都是一样的内容。我突然觉得恍惚，感觉这场架打得没有意义，又想起我爸那句，什么都是意义，一时间不知道做什么。旁边有人不知道是脱力还是被击晕，仰头倒了下去。

战局平定，但是在场的都失了方寸，还是小中医站在上头指挥："能走道的起来收拾一下，弄得这地都没法坐，能说话的打个电话叫白车，把这几个伤员车到医院去。"

带头的说，这里几个都还有案子在身上，不能去医院，人齐就回去了。小中医说："回鸡毛，你看看这几个，还有多少命在身上？"

我回身看那几个人，先前还能站的，现在松懈下来，也躺到地上，头仰得高，胸前起起伏伏，一个劲喘大气。我们这方还好，内伤不知有无，外伤是看不出，关哥手里还攥着一只胳膊不肯松开。我说，小中医，要不你给他们看看？

小中医摇了摇头，把头抬起来，又再低下去，说是："我不行的，我开开药还好，这些需要正骨扎针的，我通通没学到家。"

带头的听了，眼珠子猛转，要将他那些伙计尽数拉起来走人，可是他刚下手牵引，他握住的手臂就整只地扬起来，显然脱了臼。我对小中医说，要不就试试，他们都这样了，死马当活马医吧。地上的几个人瞪了我一眼，但没有说话。

只见小中医叹了几口气，脚步踏得生响，走到内室里取出一个紫色木盒子，放到地上，手上多出一炷香，用打火机点着，咚地扑倒在地上。他举着香行了几次躬礼，把木盒撑开，里面奉着数十支金针，头尾几乎一般粗细，长近一寸半，阳光照进来，晔然发着光。看他嘴巴动个不停，微微地传出一些声响来，好似又在背书，念了几段，听得声音越来越大，仿佛再走近一步就能明晰，忽的又截止。我以为结束，想要去拉他一把，怎知他把头磕到地面上，快如闪电，想必是痛到极点。

迟湖

"昔在黄帝，生而神灵，弱而能言，幼而徇齐，长而敦敏，成而登天。"他的声音总算大至明晰。

我只将音听齐了，还在想他念的是哪几个字，他又将头磕下去，轰然似奔雷，我感觉心脏也随之颤了一下。

"子孙不孝，研习二十载，仍不出师。"

我算得他还要磕一下，他果真再磕一头，这次不比前两次，不快不响，似乎定了神。当他将头抬起，我只觉浑身悸颤，地面剧烈地抖动起来。缓了缓，以为是脑袋上挨的那下方才起效，回头一望，众人皆是两手扶地，各自东倒西歪。

"今日仗胆，借先辈之光耀，渡我一劫。"

说罢，他正了正衫领，整个人似乎拔高几分，取过金针，在火上炙了，回过头看我们。我刚要开口，带头的就拽了个人进来，看着不像有事，裤腿往上一卷，原来血流如注。

小中医左手持针，右手到他大腿根前按压几下，摸清了穴位，接着将左手的金针接过，轻轻转入。我们从小中医的手上自然看不出门道，只好从那人脸上寻觅，见他狰狞着面目，先似牛头，再如马面，各个吓得不敢喘气。

只见小中医又取来几根针炙过，分别旋入他另外几个穴道，他的表情方缓，往人脸回复。围观几个的气才顺下来，再看那人的腿，已经不流血了。

接着小中医分别推、拉、按、接，正好了几个人的筋骨，只他一抟，就可以下地活动了。带头的临走前向他道了几句谢，但说以后仍会来砸场，一公一私，分得很开。小中医摆摆手，没有说话。

我说，有这一手，之前干嘛藏着。他说，哪一手。说完把他的手向我伸出来，震颤不停，不知是喜是惊。

往后一阵，捣乱的果真照旧来，但似乎客气了一些。铺头的生意越来越差，有时要几天才能候到一个客人。

我爸在这中间去世了，没发讣告，来参加葬礼的人也有二十余个。我在队伍的末端见到小中医，本想喊他，但他低着头，走完一圈就离开了。我知道他误认为是自己的药没有作用，于是自责，本想找个日子去和他解释清楚，但葬礼后的事务依然繁杂，便搁置了。

直到南门大道正式开工修建的那一天，我才想起小中医来。新闻上说那里将会全部拆除，依他的性子，一定要开到最后一刻的。

我冲到街口，发现已经拆到中医铺跟前的一家了，而中医铺卷上了闸门。看着应是没人了，但我心中隐约有不好的预感，凑到门边去听，果然听到一阵一阵舂药的声音。这声音时紧时疏，又似乎有着节奏，旁边挖掘机的轰鸣声隆隆地响了，正是朝这边开过来。

我顾不得理智，拍门大骂："你疯了吗，你难道真要死在里面吗，他们真会拆的。"

拍了一阵，不见有人应，我更是着急，用踢用撞想要破开老旧的闸门。踢到后来，我见门底的螺母松了一些，想要施加最后一脚，却看到小中医就在我身侧，端着他那个擂钵，一下一下地舂药。

我问他，你在哪捣的药。

他回答，就在后门那里，听到有人踢门，就来看看。

我又问，你捣鼓这一钵是要给谁喝。

他不答，带我顺着南门街一直走，过了桥，走到南门山的侧方，一个小坡上。坐下来看，以往的矮房骑楼都不见了，挖掘机立在最后一座楼房的屋顶上，斜顶就成了平地。河水将南门街切成两块，都是生机，一块是春意盎然，一块是万象初新。

他又问我拿了一根烟，点燃，我突然发现小中医抽烟的方式很优雅，那团雾气只裹到脖子上部，看起来就像同一尾游鱼在喉咙前后打了两次滚，之后侧侧脑袋抿着嘴吐出来，这让我想到一朵乌云——已经下过半场雨。

他将烟灰抖到钵中，又用力击打了几下，方才的乌云在他的手臂侧方被肆意地造型，像羊又像狗，爆发出阵阵雷鸣来。他站起身来，带我走到河水的边上，这条河算得上是镇子的母亲河，整个镇的人都从这里取水。

小中医把配好的药粉倒进河水，似乎是那团乌云又重新变成了游鱼，尾巴轻柔地摆动，行迹清晰可见。

这是我最后一次见到小中医。

后来我虽又在聚会上见过几次抱朴，但都是浅浅交谈了几句就作罢。我听我妈说，抱朴拿了一大笔拆迁款，投资了好几次，都亏本了。众人酒酣耳热时，抱朴往自己的烟盒里塞了十二支烟。

小中医在最后跟我说，他相信事物总归会被淘汰掉，包括中医，包括传统，甚至包括人类本身。但是淘汰掉的东西不一定就没有用，所有的东西都会是有用的，总会找到那个需要它的地方发挥出作用来。

"所以呢？"我问小中医。

小中医往河水流动的方向指，那时夕阳刚好降下来，那尾游鱼的前端是澄红的，尾部亮闪闪地泛照出金黄，它往前游，游到前方，光泽淡了一些，却抖抖身子，幻化出两段同构而各异的身姿来，此后是二生三，再往后看，整片河面浮满了这样的鱼类。它们踊跃着，荡出水面，在天空中甩出一道道深色的弧线来。小中医说，等到今晚，它们会游到需要自己的地方，游到不断更新却依然不断承受苦痛的人们身体里。我说，小中医，它们会游向明天。

长考

初中以前我住在清江镇的爷爷家里,这个镇名杜撰程度很高,一片尽是山,无河无江,清字更不知从何而来。不过有小溪,离我爷爷承包的诊所兼小卖部不到百米。爷爷在门口架一张麻将桌,庄家面对着溪流,搓麻将累了就带我到溪里头摸螃蟹,顶多是手掌大的一只,摸一下午能装半个塑料缸,带回去养几天就死了。

溪水从山上来,先是垂直而下,跨过数十坎梯田,然后绕上两个圈,溜到山脚,以前有人打水喝,后来在山上做事的扔多了农药罐子,就再没人打了。打水那块叫大岭脚,山不知道叫什么,沿着溪水走,能到山顶,那里有座小庙,叫大岭寺。

大岭寺的方丈是我爷爷的牌友,周五周六来,刮风下雨都来,有法事生意的时候不来。方丈的法号是海慧,很聪明的意思。我爷爷说，跟他打麻将，十圈胡一把，其他几家扔的牌，全翻上他都能记清楚。他生意做得很大，但从不摆架子，开一辆五座的奥迪去做法事，回到镇上停好，走路上的山。

海慧和尚有时跟徒弟说，僧字，一个"人"一个"曾"，"人"是求佛信教所要追求的操行，"曾"就是尘世的过往的东西，这两部分缺一不可。他的几个徒弟聪明，但远不如他，知道行路上山是"人"、开豪车去做法是"曾"，却悟不出打麻将赢钱是算"人"还是算"曾"，悟不出也不敢问，只怕问了就要挨打。

海慧还有一样物事是板上钉钉的"曾"，那就是拾慧了。他跟我爷爷说，结婚生子是他犯过最大的错，不过也不能揪着这事不放，原因有二，首先是当时还未出家，不算破戒，其次是年轻，什么也不懂。基于这两点，他让这事过去了，不料想他的儿子同样犯错，而且更年轻、犯得更早、更值得被原谅。海慧喝了几大瓢水解气，亲自为生下来的孩子做法事，小孩眼睛很大，看着是十分聪明，众人认为是海慧方丈做了法的原因，海慧自己也这样想，并且第一眼就喜欢上了他，给他取名拾慧，有从自己身上拾取聪慧的寓意，并在每年的暑期将他接到大岭寺上，省下了拾慧父母一大笔请阿姨的钱。

迟湖

拾慧长到七八岁，依然不见得聪明，甚至长了根大舌头，连话都说不大清楚，咿咿呀呀的，但却有效地吸收了海慧和尚身上的某些长处：一是好赌，二是常胜。海慧和尚的这两样长处可以算有机统一，拾慧的就未必。我和他脸熟是玩拍卡片，按人头出资，把所有卡片拍正的赢家可以把赌资收入囊中。那天我连赢七局，相当于把拾慧的脸给拍紫了，随后他将我揍了一顿，抢走了我身上所有卡片。

这时候我与他不算相识，海慧和尚拎着他到我家道歉时才算。他的嘴巴本来就不灵光，更加上对海慧和尚的一股犟劲，道出的词句更显得轻蔑。握手言和后我们又约时间打了一架，我依旧落败，于是对他有了几分服气，干脆做了朋友。像我说的，拾慧不见得聪明，但是确实能打，也足够讲义气。我出生时不足四斤，护士说我爸抱我的样子像提着一只潮湿的老鼠。这个老鼠的诅咒历久不衰，我在成长的任何阶段里都比旁人要矮上一个脑袋。学校里那些高年级的和同级的恶霸有自己的生意经，认为欺负我是最经济的，于是每天以借为由，抢走我的课外书，并把我的书包装满石块，我背着走一路，他们在旁笑一路。我和拾慧做了朋友的第二天，他听闻这件事，摆了几个手势，表示要替我找回场子，随后便不见了踪影。数天之后，他背了个大包，跑到我家来，把背包倒着拉开拉链，用力抖了抖，落下许多件汗涔涔的衬衫来。原来他不认识那些坏孩子，就把在镇上大榕树下玩乐的凶相的同龄人都揍了一遍，并把他们的上衣扒下来当战利品。我乐呵了一阵，找来汽水给他，他喝罢用玻璃瓶蹭了蹭被晒红的脸，露出满是傲气的笑容来，随后我们坐在门前，等待收到家长投诉的海慧和尚过来领他登门赔罪。我和拾慧就此熟识。

这个夏天我跟着拾慧四处打架，我们不总是能打过，但未尝败绩。拾慧打架爱耍偏，拳脚不敌的就上唇齿撕咬，仍不能取胜的，则躲到远处用沙石抛击，等较细的沙子糊了对方的眼或石头击中了某些要害再上前施加拳脚。这和后面拾慧下的棋是一个路数，但似乎还要更文明一些，如果说拾慧的下棋的棋品十分之差，那他此时打架的架品只有七八分差。

拾慧舍弃打架的爱好转而学会下棋是因为那次市里创文，之前几次都不成功，就从市里落实到了镇上。拾慧下棋的原委并非是创文时期不允许打架，而是当时镇上牌风盛行，上了点年纪的没人不赌，家里的小孩也不爱照顾，放任他们在镇上镇下的黑网吧、游戏机室间流窜。一部分孩子能在某天对玩乐生厌，学着翻两页书，最终考上大学；另一部分则保持游戏人间的连续性，到了十八岁，拿上身份证和被铺进厂工作，早早结婚，生下数个小孩交予父辈后继续外出打工。对于那些麻将桌上的家长们来说，这无疑成了支线上的另一场豪赌。而到了创文时期，麻将和纸牌不允许在自建房的一楼出现，在其他楼层可以出现却不能下赌注，此后，许多大人就因无事可干而选择在家管教孩子。街上的小孩少了，我和拾慧便无架可打，没多久就完全地将这件事忘去了。

我和拾慧当时仍能在街上游荡是受到许多同龄人羡慕的，因而衍生出大岭寺的老和尚仍和镇上诊所的老中医在自建的暗室里打牌一类的说法。这类说法的产生有受当时热播的谍战电视剧的影响，带着点艺术加工的成分，事实上他们早就不打牌了。

虽说牌局已散，海慧和尚还是每周都来，不过多带了他那两副雕琢过的鹅卵石，说是一黑一白，可黑的不怎黑，白的不够白，其实都是暗黄色。胜在斧工细腻，形态大致一般，体势却各不相同：黑石顶圆底平，上下不等，如同黑龙盘踞；白石上下等宽，底却突兀，似伸出四只脚来伏地，隐隐有白虎啸声，久之又好像生出两只眼睛和利齿来，看得人心生畏惧，等到伸出手去摸，触到那较手的质感，才知是鹅卵石。我爷爷把门口的麻将桌一割，横十九道，纵十九道，就成了张十九路大棋盘。周五周六，两人往门前一坐，下起棋来。

我爷爷下棋时爱说的一句话是："真要赌，什么都可以拿来赌，哪里是麻将上瘾，是赌博上瘾。"话到这里还是很有说服力的，只是后面往往还有："这盘我小输五目，落的那些银仔就不计了，下次你输我也不计你的。"

海慧和尚显然是下棋的一把好手，此时赢上了头，只想速战速决，另开一盘。见他转着佛珠，嘴里不住咕叨："长考出臭棋，长考出……"

我爷爷跟他较上劲，可能还有想要避其锋芒，不愿再输下一盘的想法，说一句："长考后落子，才见真功夫。"

因棋盘有着麻将桌的前身，所以四边平等地配了凳子。拾慧和我本来坐在凳子上看棋，自然是看不懂，爷爷辈的话语能懂个大概，听着是将要吵起来，我们便攀着桌沿站到凳子上，学着方才两位爷爷的话朝对方大喊。拾慧本来嘴笨，只能捡海慧的口水尾，将"臭棋"念成"奏急"，照猫画虎地向我发起攻势。而在我的不断刺激下，这句话竟越喊越具备形状，从"赏镐猪奏急"到"产考都臭棋"，到最后已和原本的那句听不出差异。

海慧和尚在旁边看得发愣，连手上的佛珠也忘记转动了。我爷爷赶忙把棋局一掀，拍他肩膀，说是原来这棋还能治大舌头，比那人参灵芝都有用。海慧和尚听完，反应过来一些，抱起拾慧就往肩上放，乐呵地上山去了。爷孙两人的背影远了，还能听见对谈声，海慧和尚不住地念叨，以后别老瞎跑，平日里就跟你爷爷学棋了，等我把棋路都教给你，保管你遇不到对手。拾慧知道老和尚高兴，嘴头更生起劲："长考出臭棋，长考出臭棋！"

这日后，拾慧少见地在庙里待够了半个月，不往山底下窜。我爷爷知道海慧真如所言般竭力教棋，只怕不日就要领拾慧下山来同我比试，要是我也棋力不足，那就是从爷爷辈输到孙子辈，一户的输家了。于是也紧锣密鼓地教我学起棋来，用的仍是那张麻将棋桌，不过没有棋子，便用轮换的两幅麻将牌顶替，蓝牌充白，绿牌充黑，由于是初学，棋盘也只使五路，教些基本着。

再过几天，基本的棋路都已教完，海慧爷孙仍是不来，我爷爷既怕拾慧抢先学成，又闲得无聊，找了个少客的下午，把铺头卷闸门一拉，带着我上山去了。

我好久没有上过山，庙里景貌虽说不能有多大变化，但小孩子记忆本就稀浅，踏过山门，几侧都见新鲜：两边的红松与筑院的围墙同高，但仍显出长势，中间望去是龛房，规模不怎宏伟，却挂了牌子题书"大雄宝殿"，顺着台阶往下，隐约记得是香火台，可如今换了模样，台子杳无踪影，取而代之的是一块大石，仅有朝上的一面平整，其余几面都是崎岖不平，底座勉强看出有三个脚撑着，大概平稳，看高度应是作桌子用。桌前围几个小僧撑着长竹扫帚立着观望，再要中间站的是海慧和尚，石桌边上摆着两张红色塑料椅子，走上前去看，拾慧和王智仁对坐在石桌两侧，石头朝上那面刻有许多道道，俨然是张十九路棋盘。

王智仁在清江镇十足有名，三张的年纪，已经在镇上开了好几家教辅中心，科目从英文、奥数到声乐和围棋无所不有，网罗了小镇家长能够想象的绝大部分教育投资。其人据闻是科科都懂，也都有亲自上手教学，教育理念主张严厉且授课粗暴无比，故不仅赚了大钱，还赚得了"王校长"的美誉。而正是因为以上诸多因素，我们只叫他王智仁，奉承的那句不愿意叫，起了丑诋的花名又不敢喊。听了从王智仁围棋班下来的小孩说，此人每节课必要动怒，时常留堂。

此刻拾慧、王智仁和海慧和尚几方表情都显凝重，盘上未落子。看这番情形，王智仁绝非来充当家教，而是真正与拾慧较量。我猜想王智仁因上山来参拜，见海慧和尚在教棋，棋瘾大动，想要展露功夫，就与拾慧下起棋来，没想到拾慧确实有仙才，方学半个多月，就能与他杀得有来有回。到这盘即将开始，四周无人说话，瞧来应是

迟湖

决胜。

　　拾慧年纪小，自然是执黑先行。只见拾慧往塑料凳子中间挪了挪位，坐正了，抓起那颗黑色的鹅卵石，卯足了劲要往石桌上印，我看出他有些愤懑。爷爷给我讲棋的时候有提到，黑棋第一手基本上是固定的，对阵长辈一定要下在右上角的星位上，对同辈或者晚辈则放宽至右上角的小目，所谓先礼后兵，礼便是这一手。故本是一手定棋，拾慧偏偏下出了力道，再看棋面，众人皆是吃惊，只见拾慧那颗黑石似失了神一般，在棋盘上摇晃了许久不愿立稳，定睛复看，最终竟跬在了三三之位。

　　往来多数棋谱里都印有一手叫点三三的开局，点角破空，用作缠斗，放弃了自家做厚不说，还容易为对手作势，属实是俗手。且点三三通常是白子开，拾慧这黑子落在三三，不仅易攻难守，还将点三三胡搅蛮缠的那些许功用也舍去了，在棋家眼里，就跟让子无异。

　　此时王智仁脸色，已经十分难看，一边是受初入门道的后生轻视之辱，另一边是囿于自身教学相长的口号不好发作。正为难时，对面的拾慧手臂上已经挨了一下，侧旁的海慧和尚努努嘴，示意拾慧捡回棋子重下。拾慧吃痛，无奈只能按海慧和尚的旨意取回了棋子，可再落定时，仍是三三。海慧的脸上陡增怒意，又抽拾慧，拾慧再抽再落，接连四次，都是三三。此时几人的脸上都不好看，拾慧的牙关紧咬，脸颊涨起，只怕是放松半刻，两束眼泪就要落下来。我爷爷见状，开声打个圆场，说是小孩子思路不能比附大人，就由着他下这么一手。在场的听了，神色都有放宽，海慧和尚往后撤了一脚，意思是不再干预。只有王智仁表情古怪依然，想来是暗暗恼火。

棋局算是开始，王智仁仍是常规的白子布局，稳字当头，占下棋盘左侧的三连星。拾慧则是紧追猛打，自家全然不顾，直往白棋侧填子。但王智仁也是处理得当，若是黑棋得了角，那么白棋也总能瓜分得边。间或一方能在这块取得些优势，众人认为棋局行将结束之时，另一方又能做活。来去无常，围观者只觉局势晦涩难明，瞧来吃力，纷纷抬手至额头擦汗，一些棋力不佳的和尚早已放弃观棋，到旁边扫地去了。

我初学未久，看到中盘，更是全然不懂。虽说汗流不止，但心神却被棋局牢牢吸引，目光聚到棋盘上时，只觉沧海桑田变幻仅在一时之间，天翻地覆都是常事。前头刚见黑棋汇成一只虎爪，要向白棋压落，随后白棋又似龙蛇从猛虎爪缝间窜逃而出，更欲张开大口将黑虎臂掌生吞。两方都有临深履尾的紧要关头，然则皆是险处逢生。

棋到官子，扫地的和尚惊呼不好，一阵紧风从地面簌

迟湖

簌地升将起来，原本团做一堆的落叶骤然被卷到天上。我们顺着往天上看，方才晴朗的天色已经大变，白色的云朵中间疏密有致地排布着乌黑色的雨云，不时有雷鸣声猝响，好似棋桌上的龙虎已经缠斗到了天上，撕咬攀揽，分毫不让，眼看是一场欲下未下的雨。

我看拾慧即便棋力进步神速，仍是不脱小孩子心性，每每提子，总要拍腿大叫，惹得对面王智仁愠怒更深。又看海慧和尚，即便拾慧提子，也是眉头紧锁，暗暗操心。

又过五手，听得我爷爷失声惊叹："成啦！"

我本来不解，想要求问爷爷，视线途经海慧和尚时，见得他一双眉毛已经各奔东西，才知道拾慧已然占优，忙把目光转向棋盘。这时飞快地又落了两子，王智仁本来要到提子收官的关头，怎的发觉左侧已然落空，拾慧的黑棋瞧见了过来打吃，王智仁慌忙做劫去救，可做到最后，仍是少了劫材，看他脸上的红光一阵阵地褪去，知是要输，又怕还有一线生机尚未察觉，勉力要残喘着将棋局下完。

拾慧面上喜色已经难遏，还是瞪大了眼睛向王智仁施压，嘴唇一张一闭，好似施咒。只有王智仁看出来他是在说那句："长考出臭棋。"

王智仁认输之后，雨就下起来了，见他灰溜溜地下山，拾慧欣喜若狂，又对着山门高声重复了几遍那句话，为此还挨了海慧和尚一下打。

我爷爷对海慧和尚说：向来都是你赢，连教棋你也要赢，你这孙子聪明，棋路太广，棋盘里一路，棋盘外一路，都搅得开。以后和你一样，是输不了的。

海慧和尚说：会耍点小聪明当赖子而已，棋盘里做局简单，棋盘外做人难，做局只需要斗对面一家，做人要斗天斗地，没那么好赢的。

我把这两句都听得清楚，似懂非懂的，一时半会消化不来。转头与拾慧在大殿里追打几番，就忘了个大半。

等雨下饱，爷爷牵着我下山，路上为我解释了为何拾慧与王智仁棋力仍有些差距，却能通过三三开局等法门激怒王智仁，使王智仁思路大乱，布局不稳，最后劫争棋差一着来取胜的缘由。我听得乐极，说拾慧本就是这样的，无论需要用上什么手段也要赢的。

拾慧本想和我一起下山玩闹，可亲眼看过他与王智仁的一战后，海慧和尚更加惜才，不愿他费时玩耍，只将他紧锁在大岭寺内，日日学棋。

我本以为拾慧生性好动，没法长久坚持。怎知他这棋一下，就是许多年。到我考上市二中离开清江镇时，拾慧已经从普通的学校退学，到围棋学校中定得了段位。因他棋路粗蛮、常战常胜且幼小定段，在棋界算得上个不大不小的有名人。听闻他从不参加围棋比赛，只是单独地找高手大师下棋，自然与"棋圣""天元"一类的名号无缘。由于他对弈胜率实在过高，棋圈有赠号"棋余"的，以彰他棋力强劲，无论与谁对阵总是胜而有余。有棋手则不认可，说是："'棋余'实则是'棋鱼'，滑溜溜的一条，为了获胜屡出怪招，嗨呀，你们没和他下过棋不知道，要换我说，'棋痞'才是了！"

拾慧后来已经抛弃了他那条大舌头，谈吐异常清晰，但通常也只爱将那句"长考出臭棋"挂在嘴边，为了贯彻落实该句话，还衍生出一个奇怪规矩来：和他下棋，不但不得长考，且要快出正常落子速度许多，十五秒内必需落子，不然不下。

我快上初中时，自认为棋艺要超出同龄人许多，起码在学校里是难寻敌手。临行前跑到寺庙上同拾慧下，不到五分钟就败下阵来了。

回去之后，我将自己关在房间里，思索了大半天，拾慧的棋路竟是一手也想不明白。我取出棋盘复盘了几次，随后就将它塞到床底下。我从市二中毕业之后考进了一中的高中部，里头有搏命学习的，也有像我们这样看不懂前方路标的人，每天读几页书，就相当于在温水里又泡过了一天，最终也考上了很普通的大学，毕业，中间一盘棋也没有下过。

接到拾慧的电话时已经要入夜，为避免再次弄丢表伯父给我谋来的工作，我都睡得很早。我是说，如果换成其他人来电，我保证会立马挂断。

可这是我第一次接到拾慧的电话，不仅如此，在此之前我还接到了数十个连同海慧和尚在内的拾慧亲属的电话。我一次次向他们重申，我近期没有见过拾慧，也没有他的联系方式，我们相伴玩乐的时候手机才刚刚出现。而在他们慌忙的讲述中，拾慧的病症在我心中逐渐清晰：肠癌，中期，不治的话顶多半年，治是有得治，但医生说成功率不超过三成。

我没有询问他从医院出逃的事情，再次确认他说的地点后，挂断了电话。车行到山脚，树影已有了轮廓，爬过了坡，感觉就能找到那几棵红松。

拾慧在院墙下等我，比以往瘦弱，衣袖裤管空出来一大圈，像是孩童装束，做过化疗，头发掉得干净，俨然又是大岭寺上的小和尚。拾慧见我点着烟，居然向我讨要，我肯定不给，生死的话题不敢说，只说没益处。

拾慧有些生气，说一句："我是肠癌，又不是肺癌，能有什么影响。"

迟湖

我见他洒脱，也安定了些："别了，到时候一起来，谁顶得住。"

他听了觉得好笑，不再提烟的事情，问我知不知道找我来是为何。我说，不知道，你说要在这个地方见面时我就觉得奇怪。他说，妈的，家里人天天找我，想把我摁在病床上耗死，能躲的地方都快躲完了，才回这里，打个时间差。

我心里有一些想要劝他回去治疗的话，还没来得及说，他便从树下找来一把梯子，递给我，要我扶到墙上。我方才扶稳，他就登到墙头，又迅速地跃下，身手灵敏，不像病人。我学着他的做法，刚刚下到地面，他便拉着我走到那张石桌前。

只见那桌上仍落着一盘棋，左侧是排布严整的战场，黑白两军厮杀猛烈，但阵势不乱，而右侧却像台风过境，棋子东倒西歪，甚至有些站在了棋盘划分出的格子中。

拾慧问我，看这盘棋，你还有印象吗。我不敢妄答，只是望着棋盘，有顷，兵戎交接声、龙虎争斗声尽数崩入我耳朵，吓得我发颤。

我说："难道是你和王智仁下的那盘棋？"

拾慧大喜过望，双手拉着我说："就知道你读书聪明，找你没错。我跟你说，棋越下越多，对手却是越下越少，我最近总是觉得不得劲，就是缺了点什么，人就要死了，还有一根筋没搭上，实在难受。想来想去还是觉得这盘棋有趣，想复盘的时候，有几手怎么也想不起来……"

我点头，示意他明白，随后摆动棋子，极力将那日的明暗、声息甚至气味调回到意识中。拾慧与我对坐，捻起黑棋，也走了一步。

到天蒙蒙亮，那棋局已经由我们复现得七七八八。我有些困倦，拾慧倒在地上，夸张地大笑起来，笑罢了站起身来就要走。

我问拾慧，接下来去哪。

拾慧说，总是老天给我出题，我也想给他出一道难的。

我说，要出什么题。

拾慧说，不知道，但是时间还剩不少，够我想的了。

我笑话他：长考啊？记不记得你以前最爱说那句，长考出什么？

拾慧也有点乐：长考出臭棋嘛，长考出臭棋……

快要入冬，我爷爷跟我说前几年把赌资存下来购置了一小片林地，说是能值些钱，以后要留给我和弟弟，邀我们抽空去看看。我择了一个晴日，带着弟弟和我爷爷上山。

树都是用的好苗，踢几脚土就知道根密，中间还有几株野山茶，怡然地香着。我和爷爷用脚粗略丈量了一番，规划着要腾出空间来种新树，弟弟在近侧跑动，不久就抱来了一大堆石块。我询问他，要不要选你最喜欢的一块带回家，全部带回去的话，准保你挨打。弟弟拿出其中一块给我看，不得不说，这块石头是真漂亮：光滑有致，顶圆底平，黄黑色，握在手上隐隐有反作用力，犹如凶兽在手心啮噬。因有这番痛感，我才反应过来，这是海慧和尚用的棋子，忙问在哪找到的。

弟弟拉着我们穿过树林，我记得这块地原本是耕种辣椒的，此时几近荒芜，只有七八株枯木立着。地倒是如旧，为植株不互相抢夺养料而划分出来的界线仍清晰可见，甚至更生明朗。弟弟踮着脚走到另一个辣椒格子边上，又取出一颗石头来给我，这次是黄白色的。我觉得奇怪，棋子怎么会流落到这种地方，莫非海慧和尚喝醉了跑到田地里来。我爷爷听完，骂我愚钝，说是棋子在交叉点上，不是棋盘是什么？

我拍拍脑袋，爬上小丘，放眼望去，泥线纵横交错，横竖十九道，中间棋子隐约露出熠熠的光彩。细看，黑子正被白子团团围住，四周皆是铮铮的戈戟撞击声，眼见就要被白子吞没，生死皆在一线之间。

我犹如代替黑子囚入白营，被白子的跋扈气息震得打战，想起拾慧说的出题，竟是在这莽原之上出了一道死活题。

我的棋力显然不足，拉我爷爷上来看，也是找不到任何办法突围。天色欲晚，只好将棋局记载下来研究。再过数日，只觉不能再看，眼神一触，便头晕脑涨。出于无奈，我把棋谱寄到棋院，冠以"棋余"所设死活题之名，棋坛上又起风波。有棋手认为此局堪比珍珑，值得花上一生思索；另一些人则说，如果确是拾慧所作，那这个"棋痞"真是坏到实处，淆乱视听，没一点真本事。

不久，我收到棋院老棋家的来信，义正辞严，却切中肯綮：前段时日收到小友寄来的棋谱，私以为无人可解，此谱中脑力之事已尽无可尽，人若非鬼神，得以越过天地规矩而落子，得以一步落二三数量之子，则必不可解！

我看完觉得好笑，自然是这个道理，如果可以连下两子，那世上很多难题都有了解决的办法。一边想着，一边拿起桌上的棋子往棋盘上敲落，连落两子，刚好有解。

我同棋盘相对许久，忽的忍不住大笑起来，笑得眼泪鼻涕一同往衣袖上抹。笑拾慧给天地物人出了道太好的题，也笑自己过于不懂拾慧：即便实力不足，照样常胜，

迟湖

出千耍诈不是拾慧惯用的手段吗？

想起与拾慧在大岭寺分别的那天，我嫌天亮得没有实感，云朵过于厚重。拾慧说，人就不能等确切感到再行动，那时候什么都晚了。我说，你要是执意不回去，就过来一起烧炷香，想和天斗，要点运气的。

拾慧冲我摆摆手，说不烧不烧，我在这下了这么多年的棋，见过太多来参拜的，十个没一个回来还愿的。我说，是大岭寺不灵，还是都不灵。拾慧说，鬼知道。我说，那你在这下棋的胜算是多少。拾慧说，至少八九成。我说，那你和天下棋呢？

拾慧愣了一下，没有回答，转身要走。我问他有无目的地，这时候有阵风吹起来，鼓动着周遭的黄叶同新枝载舞，拾慧的手也被风所驱动，风在他的手指中间游弋，按照次序滚动了一番，最后滞在了食指和中指，拾慧钳制着风束，就像从棋奁里取棋，蓦地高高抬起，指向远处，风就从这位年青的胜负师衣袖中奔淌而出，冲破云层，以达天际。破开的云彩中间有一束曦光照洒下来，途经山川，途经河流，最后汇成一点，看起来自在而温暖。

寻找薇薇安

过去这一年,杨西参加过两次实习,都能和摄影沾上点关系。她跟我们说,满岁抓周的时候,她伸手抓了个照相机,当时那种傻瓜相机得有她半个人那么大,但是很轻,她将它抱在怀里玩弄,意外拍出一张照片来。她又跟我们说,她这辈子就是举照相机的命。

夏天的时候杨西在小县城日报社里当实习记者。里面的前辈叫她小杨,我们则叫她小杨记者。我还未找到工作,在家闲着无聊,早上起床和杨西见面,早餐后陪她走到报社,走十五分钟,中间不闲聊;下午五点出门,接她下班,路上聊天,也是要走十五分钟。我跟保安亭的几位叔叔混得很熟,开始他们都叫我跟着小杨记者上班的人,后来就简化成小跟班。有时候我还没走到门前,他们喊几声小跟班,我加快两步走过去,他们就给我派两支烟抽,红色的软经典，有点呛，半口半口地抽，熄灭烟头时杨西刚好下班。

杨西的工作是写稿，估计可以分为写和稿两个部分。她跟我说，稿字在词典上有草底和材料的意思，也就是说连搜集资料与采访都要她来办。我推断她在签合同的时候并未熟知这个词，不然她大概率不会签下这份工作。她告诉我，没办法了，事情已经定下，只能牺牲掉午餐时间来加班。我说，这样，你把要采访的名单和地址给我，远的我去，回头最好能赶上你下班。她说，这事好应不好办，而且你啥也不会。我说，教呗，你先陪我去一趟，开我爸的车，油钱应该可以打票给报社，中间要抽烟，你每天给我二十块。她说，你信不信，你的善心会让你远离痨病，我给你五十，抽点好的。

翌日她陪我到松山去，十几公里的泥路，油门踩得紧了点，她问我是不是要催命。我说不是，但是我家里老说别往这边开，容易撞鬼。她说，哪里来的鬼。我说，好多传言说在这听过鬼叫，实际上我也不信，这上面有个敬老院你知道不，听说不仅住老人，还住疯子，总之还是怕。她说，怕就对了，住疯子这事我没听过，不合规矩，敬老院我知道，前面两条路，直走往敬老院，左拐出山。我让她看看路线，出山之后怎么走。她没动作，告诉我：直走，去敬老院。

我变得沉默，看得出这让她有点兴奋，咳了两下，对我说，都多大的人了，信这信那的，丢脸。我说，看你一天天野的，就没被东西管过，该有怪东西管管你。说完她也沉默，我知道她生气了，只是不表现，我和她认识十来年，很少见她有失态的时刻。唯一的一次是新入编的语文老师兼班主任夸她比同龄人要成熟，说这是上帝给留守儿童开的一扇窗。杨西手举到一半，干脆直接站起来，先是运用马克思主义思想武器驳倒了老师有关上帝的信仰，再将作为教育者是否应该在全班面前谈论某位同学的隐私与家庭状况责问了一番，最后她说，我很久没有见过我妈了，你应该很幸福，所以我操你妈。

我有意试探她的底线，问她记不记得那个跑回办公室盖上兜帽大哭的语文老师。杨西说记得，她总能让我意外。我说，意外在哪。杨西说，后来她居然没有处分我，也没叫我家长，只是在课上不再提问我，课下也不说话。我还想追问，她紧紧安全带，忽的又松开，带子缩在她肩膀上，砰的一声。我说，你干嘛。她向我努努嘴，前面那间，贴红黄瓷砖的四层楼，到了。

车开到小院前，竖着一个绿漆铁门，没设保安亭。我问杨西，去哪叫人开门。杨西说，我下去看看，随后走到门前，摘下束发的皮筋来勾里面的门把，似乎没上锁头，由她勾得两下，开了。她指挥我将车驶进去，我找了个空处停好，下车想伸个懒腰，抬头竟发觉每层楼都有人站到走廊来观看，我觉得有些尴尬，欠欠身子就算了事。

杨西已经走到楼梯口，有人迎下来，向我们挥手，连着叫了几声杨记者，杨西脚程也紧了，上前去招呼，叫他马院长，看着像旧识。我凑到跟前，正好寒暄完，马院长咳嗽两声，交代了一句：这次宣传工作是地方试点，时间紧，要办得好看，首先要抓紧，其次是到位。我插了句嘴，好的领导，一定完成任务。两双眼睛盯着我转，都显得惊奇。

马院长问杨西，这是新进来的记者老师吗。杨西说，不是，外包来的。马院长脸色缓下来一点，问我，外包老师本职工作是什么。我说，没找着工作，无聊写些东西，您别叫我老师。马院长说，原来是作家老师，那更是老师了，我先带你们上去看看，采访的几位都安排好了，你们报社需要什么材料都可以问到，一定一定要办好。

我和杨西随着他上楼，我指指马院长的衣服后摆发笑，左扭右扭的，像是企鹅的尾巴，估计是前面扣子没扣好，后面跟着犯毛病。杨西朝前看看，再同我对视一下，不笑，有点严肃。我只好闷头跟着继续走。

迟湖

上到三楼，就出楼梯，马院长说会议室原本在顶层，夏天一晒就发烫，坐得人脑袋晕，就搬了下来，现在还没完全弄好，有点简陋，待会拍照的时候尽量往有景的方向靠靠。会议室在走廊尽头，路过某些房间时，杨西悄声告诉我，这是金钱豹王婆婆，那个是标叔，外号生蒜。我说，你怎么这么清楚。杨西说，来过两次，这是记者该有的嗅觉。我说，不知道对不对，我嗅到婆婆和叔叔身上都有老人味，年纪似乎差不了多少。杨西说，说你不懂吧，敬老院里，能自己活动的叫叔叔阿姨，不能的叫阿公阿婆。我说，那金钱豹是王婆婆能活动时的外号吗。杨西说，不是，王婆婆前两年开始下半身动不了，平常坐坐轮椅，除了下楼都不用人推，有次看地上掉了二十块钱，两只手一撑就扑出去了，那生猛的，像豹子一样。我说，你看到了？杨西说，没有，我听说的。

会议室比我预想的要更简洁。一张茶几，一张沙发，对着的是一张塑料红凳，红凳子要高出沙发一大截。可能原本不知有两个人来，马院长领我们进门后又从隔壁房间补过来一张，然后对我们说：你们大老远过来一趟，也算做客，我们肯定不是不想让客人坐舒服，但是想到要出相片，二位理解理解，小杨记者你说是吧。杨西说，哎呀，还讲究这些，能办好事情当然最重要。

要采访的三位已经在沙发上坐定，都是男性，腿闭拢，伸得直直的，我不知道里面谁是叔叔谁是阿公，也不好问，就拿出烟盒来请他们抽烟，杨西上车前递给我一张五十块，我在中途买了包荷花，或许还有几分卖弄的心理在。杨西正在架设相机，眼角瞟到我的手护着给那几位点烟，问我，工作呢，这是干嘛。这话说完，嘴里叼着烟的分明都有些尴尬，杨西意会，把桌上的烟灰缸挪了挪，说句，还想说让你们烟灰不要乱弹，这才看到。

采访的主题是矿改，三位叔叔阿公相当配合，滔滔不绝谈了一大堆，三不五时掏出汗巾掀开鸭舌帽来擦汗。但杨西在路上就和我说过，她事先就定好了文章的标题与大半部分内容，只需要引导他们说出文章需要的材料就行了。我说，你这记者当得恐怕不太称职。她说，什么是记者，单单把东西给人记下来的叫速记员，有能力让所有人将东西记下来的才叫记者。到了现场果然依她计划走，见她边提问边记录，手一直不停，就知道她早已清楚问题的回答。

熬不到中途休息，我烟瘾就有些发作，只好打打手势，申请到外头抽烟。杨西不知道有没有看到，轻轻顿了下脑袋，我当她同意，出门去了。

用力抽完一支，烟瘾萎下去一些，头脑中空出来一部分，我才留意到眼前的山，空寥寥的，和印象中不同，驶过来的时候记得穿过一大片照叶林，长势良好，怎能顷刻就消失不见。我想要探明究竟，便蹑着脚穿过会议室，爬到四楼去。

顶楼视野果真开阔些，但仍是不见那片林子，想到或许在建筑的背面可以看见，才发现四楼和其他楼层不同，楼梯上来左右各立一扇不锈钢门，看着轻巧，没有封顶，似乎用点力就能踹开，估计不防外人。我有些着急，走到左侧的门前将其摇动两下，上了锁，想模仿方才杨西开门的架势，发觉自己的手指粗硬且短，只能从门缝里塞进去一小节，根本无计可施。

可能被我闹出来的动静波及，近门的房间也哐啷哐啷地传出声响来，我晃两下门，里头就哐当两声，像是对暗号。我图有趣，变换着节奏拉门，里头的响声又戛然而止。我贴到门上，对着门缝往里瞧，里面先是啪嗒啪嗒地复响了一阵，又骤停，我踮起脚来对着缝隙往下望，两只眼睛红得像一对落日般的，从细小的门缝中升起，我本就心虚，加上突然，被吓得后退了好几步。

门开了，里面的人谢顶，留胡子，衣裤宽松，一只手拎着茶杯，另一只手捏着门锁，趿拉一双解放鞋。我下意识考虑应该叫叔叔还是阿公，但看他行动自如，况且头发尚黑，年纪同我父母相仿，无论如何都应该叫叔叔的。

他好像没有要关门的意思，我走上前去让烟，从盒子里取了两支出来，本来有一支要留给自己，没想到他将两支都接过去，我又取出一支自己点上。我说，叔，我想过那边看看，麻烦你把门多开一下。他没搭茬，只是盯着我看，我感觉到他要向我取打火机，但又怕他接过去后难以要回，一时犹豫不决。他看我不给，腾出手来把烟挂到耳朵上，先挂就手的左边，然后拐过去挂右边。我说，叔，我给您点上吧，抽点，好说话。说完我把手伸过去要帮他点烟，他手很利，一拧就将打火机夺过了，摘下耳旁的烟放到嘴上，点火，旋回我手里，然后呼出浓且白的一口烟雾来。早先听说老一辈上嘴第一口都不全吸进肺里，一个怕呛着，不好看，另一个呼出来那口叫净余，也叫敬天。

我说，叔，麻烦你腾开点位置，我过过。他转身就走，鞋子踩得生响，啪嗒啪嗒的，我随他的尾进去。这条走廊比楼下的要热些，是这边的房间把窗帘都拉得紧，带遮光布那种，直往外反光，晒得走廊地砖都要融化，踩在脚下感觉崎岖不平。

走到接近尽头，一个不着灯的饮水机前，他停下来，用茶杯接水，腰弯着，挡住了整条去路。我说，叔，麻烦再让让，我过去看看。他接完水，直起腰来漱了漱口。我想就着他和饮水机间的缝隙穿过去,近前,他又弯下腰来,要将茶杯里的水补满。

我有些扯火,问他,叔,你给句话,是烟没抽好还是怎么的。他抬头盯着我看,又看了看烟嘴,说句,荷花,好抽,没想到还有得卖,就是和我以前抽的不一样。我说,以前的好抽?他说,现在的好抽,以前的比较硬,也便宜,一块八。我说,叔,今天长见识了,你抽好了就让我过去呗,我想去那边看看。他说,别去了,那边没东西,我太久没抽烟了,抽进去想呕,你扶扶我回去。

我看他五官扭在一起,仿佛马上就要开战,应该是真头晕。怕他跟马院长告状,便赶忙过去扶他。想到我还有一根烟寄存在他耳朵上面,怕他再抽出问题,就用手箍住他的肩膀,另一只手到他耳朵上取烟。他也用另一只手护住,整个身子倒向我,嘴巴动动,说没事的,就是太久没抽了,我房间有药。

扶他进到房间里靠床背坐下,床正好向着窗,被太阳晒得滚烫。我问他要不要拉上窗帘,他说拉上好,我走过去,他又说不拉好,这个窗帘顶使,一拉上什么都看不见了。我这才发现他房间里白得吓人,空旷,且四处都在反光。唯独一张桌子是深黄色的,没有抽屉,其实就是能平放的木板,底下也没配椅子,作用估计是放些杂物。他见我在看，跟我说，帮我去桌子上拿，拿。我说，拿什么？他说，拿济公头。我走到桌前，问他，什么是济公头。他说，药，绿色的，印着济公头。我在桌上找寻了一番，总算发现印有头像的绿色盒子，是有写济公，不过济公不姓济，且着一身西装，和我印象中的活佛相距甚远。我整盒拿过去给他，他接过放在床上，然后趴到床底下，我以为他要吐，连声叫他慢点，我找个器皿来盛。他拍了拍我的小腿，说不用，然后将手伸到床底下，掏出一个矿泉水瓶来，估计放久了，有些发黄，但没积灰。我说，帮你把窗帘拉上，你等我出去再尿。他说，不是尿，是孖蒸。我说，什么是孖蒸。他说，酒，孖蒸酒，药一定要配这个酒吃才有效的。

我看着他就着酒往嘴里倒完了药，又趴下来将塑料瓶子藏好，坐回床上微微闭眼，好像入定。我说，没什么事我先走了。他说，关关门。我说，你在这住多久了。他说，记不得了。我说，有没有人给你取什么外号，大棕熊之类的。他说，没有。

我稍稍扯门，它就自行关闭，隐约将我往外推了两步，可谓厚重。看了看时间，发现自己闯祸，下面可能早已采访完毕。于是不敢多停留，跑下楼去了。

迟湖

回去的路上，杨西骂我成事不足败事有余，没听过有把受访者晾着自己消失的记者。仍是我开车，我盯着前面，眼睛不敢看她，一遍遍地解释这场意外以及保证自己熟悉了采访的所有流程，直到那片失踪的树林在眼前出现。

杨西说，女巫的树林，实际是呈区域状生长的猪笼草，只有猎物开车经过其食道时才会现出原型。我说，别吵，也许是方向不对。说罢我停下车来，转动车窗前的后视镜，那栋四层楼占据了半片镜面，顶上星星点点的，想来是那些窗帘反射回来的阳光。我知道自己的说辞已经无法合理，便转换话题，同她说起方才的那位来。

杨西听完一遍，说刚刚在想事情，没听进去，要我再说一遍。我说，那个叔，真是有点怪，开始还以为他不会说话，猜他的外号是不是哑公。杨西说，斩头。我说，别胡说八道，不是真哑，而且就算哑也不是我害的，不该斩我的头。杨西说，他的外号是斩头，也有叫杀人犯的。

我有点怔，问她，真杀过人？杨西说，我不知道，都说杀过。我说，杀的谁？杨西说，别问，不清楚，他楼下住的那几个阿公说他那间房吵，不知道在干什么，叫了人上去巡视，什么都没发现，下来跟阿公说他从祈福三院调过来的，更早一些在菜场看守所，精神病老犯，弄得鸡飞狗跳的，所以保外就医，二十年前就在三院，占着床位一直好不了，才来的这，后面就没人敢投诉，到外面就跟人说他在楼上磨刀呢。杨西停顿了一下，似乎在费力思索，说她就知道这些，全都告诉我了。

我说，他那房间没刀，我看过的，精神病倒是有点像，但他不爱说话，也不像会犯事的，这事有意思，挺想多知道点。杨西说，我这没东西了，再要知道你得去问他本人。

又往前开了点，路宽了一些，有岔路口拐向照叶林深处，我将车头扭进去一截，然后掉头。杨西本来眯缝，感觉到不对，睁大眼睛来，对我说，真想回去问？我看是你有病，就该把你杀掉。我说，不是想问他，我想回去问马院长，这事蹊跷，真得多知道一些。杨西说，那就更有病了。我说，怎么说？杨西说，你上去那层楼不是有两扇门嘛，一扇左边一扇右边，一扇薄一扇厚，薄的锁人，厚的锁账。我说，你怎么这么了解。她吸吸鼻子说，你进那个门本就犯了大事，只是马院长不知道而已，你回去问他可以，先把今天给你的烟钱还我，这个月工资也给我补上，倒欠我三千五百五。

听完，我把车又往回摆。杨西说，识相。我有些不高兴，不想睬她。正准备踩油门，杨西在我脸上晃晃手说，慢慢，烟给我抽一根。我以为她开玩笑，拿出来唬唬她，没想到她接过来就放嘴上，还摇开车窗。我说，下车，不好在车上抽，我爸第二天闻到要骂。

脚踏到实地，我突然觉得恍惚，仿佛失重，轻微地晃了两下。外头欲露暗色，太阳见得到一半，林子真像猪笼草，又茂密了几分，不远的主路上一定有大车经过，轰隆隆的，听起来像潮水奔涌，很快就销歇掉。如果顺着杨西的话说，应该是被消化了。

我把打火机递给杨西，问她，点哪头知道不？杨西说，不知道，点哪头不是着？我说，未必。然后她嗒嗒了两声，点着了烟，吸了口大的，一点没呛，肯定没过肺。我给自己也点上，刚好在车盖上找到个舒服的位置，一时间没有想说的话。

杨西又吸了两口，烟气连带话从她嘴里冒出来，一茬一茬的：我前段时间去帮衬表姐的花店，当时看了一本书，里面说人饲养植物或者动物其实是希望它生长成自己新的额外的躯干，人类爱惜它们，然后无可避免地看着它们恶化，最后是一场告别，由此学习如何爱惜自己本来的躯体。我说，挺有意思的，然后呢？杨西说，我去到店里，表姐在嫁接仙人掌和白檀，说是要做几十份，大单，就是把仙人掌削成心型，在它四周将白檀贴上去，然后我就走了。我说,为什么?她说,像发了霉,真的,也像肿瘤,那一刻我就觉得我不需要外接任何东西了。我说,其实也有些自发性的霉变。杨西说,无可避免的?我说,是。杨西说,荒谬。我说,谁荒谬,什么荒谬。杨西说,我以后不会得癌症吧?我说,不会,无可避免的事情也是有诱因的。杨西用指头夹着烟蒂,边扬边说,呐,诱因。我说,罪过,我回去就动手写忏悔书,在你的葬礼上朗诵。说完我把烟头弹远,杨西做出和我相近的架势,却只弹飞了一小段距离。

　　我说,突然想到一个,薇薇安。杨西说,什么?我说,诱因可能是薇薇安。杨西说,什么狗屁不通的。我说,斩头的诱因,是薇薇安。杨西说,谁是薇薇安。我说,我也不知道,我帮他拿药,那个药盒的侧旁写了这个名字。杨西说,番文吗,还挺前卫。我说,不对,是中文,笔力遒劲,真不像是精神病写的。杨西说,那就有点老土了。我说,正经点,这个薇薇安肯定是关键。杨西说,也许本来就不是他写的,谁会给精神病人备一支笔,不怕他把自己杀了?我说,那药盒子有些年头,没准过期了,但是字不会过期。杨西说,行,那分析下,他写来干嘛。我说,女性名字,是不是喜欢她。杨西说,喜欢就光看字儿?不会连张照片都没有。我说,他在里面二十多年，弄丢了没收了都正常。杨西说，那行，喜欢，这个薇薇安应该和他联系过吧，这么久了，总不能独个儿空喜欢几十年，他房间里有没有往来信件之类的。我说，没发现，他的房间干净，很好琢磨，但也不是完全没地方藏东西。杨西说，也没去看过他。我说，不一定，没准就有呢。杨西想了想说，没有，你看马院长能准？我说，那线索就断在这了？杨西说，是的，薇薇安就是个花名，你啥都不知道，而且就算知道薇薇安姓乜名乜，你能去找她不成，她能告诉你不成。杨西顿了顿说，凭着这三个字根本解释不了他有没有杀人，为什么杀人。

我被她说服，有点无奈，从脚下掂起一颗细碎的石子，掂了两下，第三下时就找不见了。我觉得要是换成足球，换成但凡大一些、有弹力一些的物什，肯定不止这两下。想起上学时候那些对颠球擅长的人，就连上课和走路也没一刻停的。不过很长一段时间里我也名列其中，仿佛面子和脑袋齐整地长在脚上，颠掉了就要失去一切。又像整个身体附在球上，每日地被一只巨脚踢到天上，从睡醒到入眠，正好一起一落。那时候除了踢球就是打架，别的到现在一点记不起来，其实当时心里想的全不是这两件事，单单是想着求偶。有时候觉得人比球还好概括，球类往大了说篮球足球，去到小处还有五号球七号球，人一说青春期，就啥都清楚了。为在单恋的女生面前显露，拆过不少椅子腿，下手还没轻重，我头上就被敲过一闷棍，至今空着一块不长头发，当时流了不少血，感觉头晕，走回家去了。想到这里，我对杨西说，你说会不会是他仗着自己有精神病，替薇薇安杀了人，心甘情愿那种，平时不想，一想到还是难挨。

杨西正在掰动手指，眼睛不知道盯哪，有时候只是将一只从其余几只中揉出来又塞回去，有时候按下指关节，咔咔作响。这动作我熟，上学时候她坐我前对桌，扎一条长辫子，手放在抽屉底下，就是这样。我想起来她就是我当时单恋的女生，几场记忆仍清晰的架她都在场，有次她说，我知道你喜欢我，做这些就像孔雀开屏，但是你既然演这一出，就不好只给自己看，应该倾向演给我看，这样更打动人。我没懂她什么意思，但还是去书店买了几本武侠小说，什么肩胛发力、抻胯出拳一个都学不来，也尝试练内功，气还不到丹田就能入睡。后面我脑袋受伤，十几天没回学校，回去的第一天她就跟我说，好看，但是我感觉自己也没那么爱看，以后你整点安全点的。刚好我那段时间看小说已经完全入迷，本身也挺多话找不到地方说的，干脆就写小说。第一回写了个踢足球的故事，拿给杨西看，她说都挺好的，但是你为什么非要把主角写死，你指定是有点心理问题，要不然我应该会喜欢上你。我把结局改得团圆，又写了两篇新的，一并拿给她看，她看完说发现自己果真喜欢我。我听完挺开心的，就是感觉自己可能也没有那么喜欢她，于是朋友做到现在。

杨西说，你的小说写得怎么样了。我说，算是卡住了，好的时候一天能写个三五百字，坏的时候一个字也写不出来，翻看前面的，觉得烂，还要删去几个。杨西说，你会觉得写小说是一件可恶的事情吗？我以为她讲笑，学着她的调子反问，那你呢，会觉得写新闻是一件可恶的事情吗？她抬头看着我，语速慢了些：有点不同，新闻有时候没有逻辑，事情摆在那里就是发生了，没人会去追究它是如何发生的，因为事实就是这样，仅此而已。但是小说不同，总有人会要求它滴水不漏，会问它的果在这里，而因又在哪里。你又不能告诉他，果是我设置的，因是我虚构的，这件事情是我编的，对吧？你只能竭力虚构，使这个因变得合理，如果仍有不合理的地方，就又在它前面虚构出一个因来。这么多的虚构，并且会有越来越多的虚构，虚构就是骗人呐，难道不可恶吗？新闻不可恶是因为它不用符合现实，小说可恶的原因是它太过符合现实。

我想了挺久，跟她说，意思我懂了，意思是斩头可能杀人了，可能没杀，如果杀了，他可能为了任何一个人杀掉另外的任何一个人，也可能什么都不为。杨西说，是这样没错。我说，也不总是虚构，我只是想象，想象是一种使不在场的事物在场的能力，没准真相会在其中一种想象里。杨西说，一个意思，足够可恶了。

这时候太阳全然看不见，有一丝余光在树叶间亮着，阴影越来越浅，天气不错，我估计出了林子还能看到点晚霞。我对杨西说，他看着有五十岁，前推二十年估计也快三十了，你说他和薇薇安到底是什么关系。杨西说，那时候的人结婚都早，能记这么久，其实大概率是夫妻。我说，如果丈夫要为了妻子犯罪，要么特别爱她，要么恨她。杨西说，恨是何解？我说，出轨，要是妻子出轨了，丈夫一气之下，很有可能把情夫杀害。杨西说，如果爱她，当她出轨的时候，丈夫会不会杀掉情夫？我说，也可能会，好像变冷了，上车再说。杨西说，所以说你考虑的方向限死了，应该思考是斩头出于自身目的想杀人，还是出于薇薇安的目的想杀人，是有点冷，上车。

打开车灯，四周顷刻变得模糊，只有前方能见。我说，我妈经常说的一句，电视上演的都是反的，像要让你做梦一样，梦就是反的，她说别老想让男人做些什么，不添堵就是最好了，电视看得越多人就越傻。杨西说，什么意思。我说，如果没人出轨，想要人去犯天条，应该是很

迟湖

难的，在让事情合理方面，愤怒是很好的催化剂。杨西说，意思是，目前看来最合理的说法是，斩头在不知自己是爱还是恨薇薇安的情况下杀死了薇薇安出轨的情夫？我说，不然薇薇安怎么从来不来看他，多半恼着。杨西说，也有可能是来不了。我说，为什么来不了。杨西说，二十一年前，斩头用重物敲击了一位女性的后脑勺，不知道是不是他老婆，她没你好运，叫了白车，还没到就死了，都以为斩头要往死判，结果诊出来精神病，事发时完全丧失辨认和控制自己行为的能力，于是在精神病院住到当下，聊起来，就说从来不知道有这么一回事，回头还要上诉。我大力踩了一脚油门，车子疾奔出去，杨西说，发什么神经？我说，斩头杀了薇薇安？杨西说，照目前来看，大概率是这样。

走出林子，天空再次明亮起来，有风，像是揭开一层黑色的幕布，露出深蓝色的底子。只要再穿过碧湖、鱼坪，就能回到城里，地势还是高的，但往下看不到属于城镇的旗布星峙的光斑，灯还没亮，新修建的三车道，两条北往南，一条南往北，如今只有我们一辆车，风声紧促，四周一览无余。我跟杨西说，你之前不是说没东西了？杨西看着窗外，说句，谁不藏点东西？我说，这有什么好藏的，这么大件事，肯定登报，要查随便都能查到的。杨西说，查完还有意思不？我想了想说，没意思了。

我说，理一下，也就是说，斩头杀了薇薇安，但是他为什么呀。杨西说，我可没这样说，我也不知道谁是薇薇安，我只知道他杀了人，女人，而且谁能知道精神病想什么。我说，你更情愿相信的真相是什么，薇薇安出轨了，还是斩头精神病发作无由来地杀害了她。杨西说，首先，不是真相，只是故事，其次，都不相信，都挺无聊的。我说，薇薇安会不会也是精神病？杨西说，我早说了，你才是精神病。我说，如果薇薇安先攻击了斩头，然后斩头正当防卫，那他会不会其实也没什么问题。杨西说，你真的不能总是把小说的逻辑带入生活，这绝对是两码事，你在追求合理的过程中可能将能够和生活本身相联系的某种本质弄丢了。我说，那我往生活那块想，如果你是薇薇安，你其实有做某种对不起他的事情，你会不会原谅他。杨西说，不会，而且我没机会原谅，在你的假设里薇薇安已经死了。我说，斩头还爱她吗，你觉得。杨西说，要是他杀了薇薇安，爱不爱都挺低级的，这个问题没意义。我说，他好像还有期盼，或许清醒的那个他根本不知道自己和薇薇安发生了什么，而且他想知道。杨西说，精神可以分裂，人却不能分裂了来谈，无论哪个自己犯下了错误，另外的自己都要替犯错了的那个自己承担后果。

迟湖

我说，如果斩头和薇薇安已经结婚，是不是也该生下来一个孩子？杨西说，这挺符合生活的。我说，如果那个孩子长大了，得知了自己父母身上发生的一切，或者知道了一点，他会怎么样？杨西说，他应该会绝望。我说，即便这件事对他已经造成不了影响了，他把自己的生活过得很好，甚至自己也有了儿女，他知道了这件事，还是会绝望吗？杨西说，天要下雨，娘要嫁人。我说，等会要下雨了？杨西说，你活一辈子，只有两件事是不能由得自身决定的，一个是天气，一个是出身，有时候你看着不受这些东西影响，或许你能有一把伞，可是雨下大了，鞋子还是要湿，染上一块一块的水斑，那些就是擦不掉的印记，平常看不出来，被人端详时分外明显。我说，但是斩头这二十多年也没再犯事，说不定可以出去，等他出去了，要么是找薇薇安，要么是找他的孩子，如果这两个他都找不到，或者找到了也不认他，那他也太可怜了点。杨西说，你关心一个杀人犯干嘛？

我说，我没关心，我感觉他很爱薇薇安，我感觉他熬到现在就是为了等待一个机会，去找到薇薇安。她说，你关心一个杀过人的人干嘛？我说，真没关心，我就是觉得他活着其实是为一个盼头。她说，你关心一个漠视人性、生命、道德和法律的人干嘛？我说，我觉得他本来不该是这样的。她说,你关心一个精神病人,你理解他,你也应该是精神病。我说,就事论事,不要总是搞人身攻击。她说,我操,跟你说不明白,你一开口我脑子就难受,停车让我缓缓。我说,前面点,这段路窄。她说,我看着挺宽的,停停没事。我说,真停不了,后面车一来就拱上了。她说,没车,一路上都没车。说着上手扯我的胳膊,我说,危险,别乱来。她不说话,扯得更用力,我说,这就停,停了。说完即刻踩下刹车,其实这时方向已经失控,我感觉到我们正在飞转,本来以为前方的视野会扭动成团状,事实上了了可见,我看见野田、山脉、横飞过的野鸭、柏树、松树、松树。我们在马路上横停下来,比起旋转,休止更让我头晕目眩。杨西把横放在方向盘上的手拿下来,她的反应比我强些,刚刚我的双手已经失灵,估计是她将方向摆正的。她说,今天太累了,想回家,明天不聊这个了。我说,听到刚刚的声音没,像划着一只大擦炮。

　　送杨西回到小区,看了下时间,二十六分钟,中间没说话。杨西下车,关上车门要走,我说,陪你走两步。杨西说,好。停车场昏暗,一部分用的是声控灯,常亮的也不怎么亮,杨西穿了皮鞋,走起路来铛铛的,走到哪处,连带着前后的区域,着起一片。我说,就送到这。杨西说,好。我说,还有件事。杨西说,留着。我挥了挥手,回头走了。

霎时间有点想抽烟,默算了一下,应该还剩两根。到口袋里翻找,掏出来一张老相片,是我从斩头的药盒里拿的,没过塑,背后全黄了,正面有两对老年人,一对中年人,年老的皆是笑容可掬,中年是一男一女,男的嘴巴张得大,好像在说话,女的不太高兴,可能不情愿听,一个酒瓶子被扬到空中,商标没拍实,但我应该知道是什么,底下有一圈白边,题了字,写得龙拏虎攫的:薇薇安周岁摄。我想我明天还得去一趟松山,该把它还回去。不然我怕斩头有天会忘记寻找这张照片,也会忘记寻找薇薇安。

继续在口袋里翻找,遽然想到,最好还是不要打开烟盒,那两根烟只是我的想象,想象是生活中仅有的可以使事物完整的能力了。我边想边走,外面落进来几点滴答声,好像真的下雨了,这时声控灯整排熄灭,余下几盏常亮的,微弱地亮着。

渡越虫洞

杨怡彤离开前拖了下门,依旧给我留了条子,上题潦草的几字:我去上班,之后不回来。

其实听到响声的时候我已经醒了,只是眼皮子有意盖着,不知道想什么。我起来后先是到雪柜里找到早上剩下的半盒牛奶,喝完,走到厨房捣鼓那扇吱吱作响的窗户,没整明白,一有风来还是叫唤。然后我冲凉,将衣服扔进洗衣机里,中间还翻了几页小说。最后我看到字条,坐了一会,想起今天是七月十六号,决定出门寻找杨怡彤。

我和杨怡彤是去年认识的,当月就一起租下房子,室厅合共二十点三平米,只有一张床。那时候我兼职的申请刚被通过,以为高额的时薪能让自己独立,就向家里夸下了自负生活费的海口,结果账算下来,竟要我打两份工才够支撑,中午至傍晚在书店,夜间在士多,平均薪资每小时六十块，每天只吃一顿饭。

那时我已经很少到学校去，好心的老师白纸黑字寄信来，一句是问，后面都是劝，让我无论如何先将学位拿到手，之后再做什么打算都方便。我只好回信去答复：打工劳碌是一方面，另一方面是发现自己没生出写文章的脑袋，也没有了心气，不想做大学问，只想认真生活下去，不再渴盼体面。老师表示理解，说是遇到了低谷期，人人都有的，不甚稀奇。于是我全然不到学校去，任由我的低谷蔓延开去，只求上好这两个班，不要闯祸，毕竟失去了其中哪一份，对我的生活来说，都足以致命。

我当时近乎没有爱好，书肯定是不看了，没想到竟连电子设备也用得少，每日撑在桌子前发呆，无论高矮，只要撑得住，我就能坐上两小时不晃动。非要说有的话，就是看看星星，当眼前的事物趋向朦胧，遥远的一切就愈发显得清晰，这种清晰是很够吸引人的。星星分两种，小的暗的在天上，直观而明亮的在太空馆里，我通常选择观看后者，太空馆是少见的营业到夜深的单位，从我打工的士多穿过公主道就能见其顶点，一趟走下来不用二十分钟。我下班后就动身，到里头逛一圈出来，夜雾开始铺排，仅仅露出几点星色，好像从迷梦中走向现实，回头望去，几盏灯同时熄灭，正好闭馆。

迟湖

杨怡彤此时已经换回自己的衣服，从侧门走出来，推了推，确认合上后，抬起头看，认出我来，问我，天天来，对太空感兴趣？

我说，喜欢星星，其他一般。杨怡彤说，不喜欢太阳吗。我说，不排斥，就是嫌它太过硬朗。杨怡彤说，你讲话够滑稽，确实是软趴趴的调子，缺了底气。我说，十个人碰面，最有底气的人只能有一个，换成一百个也一样，其他人再有底气，也得去做星星。杨怡彤说，好笑，星星不也是太阳吗。我说，眼见为实，星星不咋亮。杨怡彤说，我们说的星星，大多数是其他星系的恒星，恒星你知道吗，像太阳一样，发光的就是恒星，就是说，星星是别人眼里的太阳。我说，还是第一次听。她说，什么都不懂，白跟你较劲，明天侧门给你开着，你进来后往左拐，我在那个展厅上班。

第二天我还是到太空馆去，较以往提早了一些，走的是正门。我从小有股拗劲，不喜欢听别人指挥，也不敢全然反着来，只是在心里嘀咕，萎靡地作些对抗。在夜空室待了小半个钟，决定到别的展厅走走，其实大有些和杨怡彤碰面的憧憬。一楼逛足一圈，没见人，不是没找着她，而是从观光客到职员，一个人都没见到。大厅的投影仪剧烈地亮着，离下一次大爆炸的讲演还有七分钟，等大爆炸开始,它将会漆黑下来,现在还是一片的白,中间寥寥地印着倒计的时间。我看过几次,只有开头那次有意思。

我打算到二楼去。环形绕馆的楼梯很窄,镂空,其实不是很高,往下看能见到一些悬浮在半空的星体,我会害怕,此前从来没上去过。我刚走几步,腿就有点打颤,还好一侧靠墙,我扶着墙走,稳当了许多。走到半道,发现扶着的墙凹下去一块,是个假门,从楼下看不出来,近了还挺明显的。闻着里面有酒精味,估计是放地拖和扫把一类的清洁间,我打算推门进去缓缓,又怕违规。我敲了几下门,没人应,胆子大了点,推门进去。门往里开,靠着门的是一些红红绿绿的塑料凳子,估计是备着办活动用,再往里是桶装的酒精和清洁剂,杨怡彤搬了凳子坐在旁边,脸挺红的。

我说,喝了?她说,差点被你吓死。我说,我敲了门。她说,谁知道你,我以为是上司敲门。我说,喝了多少?她说,不少,还剩不少,要不要来点。她说完把手伸直,搂着两桶消毒酒精。我说,你喝的是这个?她说,没那么大命。然后在两桶酒精的缝隙中拿出一个玻璃樽,晃了晃,白的,看不出是什么牌子。我说,不喝,不会喝酒。她说,没意思,小孩。说完又对我撑大嘴巴,有些滑稽。她说,不对,你怎么进来的?我说,什么怎么进来的。她说，我把侧门锁了，你还能进来？我说，我没走侧门。她说，正门？我说，正门。她说，太荒唐了，我没想到这茬。我说，什么荒唐？她说，这是我这辈子碰上的第二荒唐的事。我说，第一荒唐的是什么？她说，我前几天才知道我爸的真名叫什么，他现在身份证上写的是杨献中，旧的身份证写的是杨献衷，一个是穿了衣的中字，一个没穿，你知道不。我说，那你有可能永远不知道真名是哪个了，除非你问他本人。她说，你说得有道理，我他妈永远不知道我爸的真名叫什么了，你说这荒不荒唐。

这话我没敢接，走到房间里把门带上，搬了张凳子到她旁边。她说，你别坐下。我说，这凳子有问题？她说，不是，我今晚不想和人说话。我说，我坐会就下去，保证不说话。她说，我喝酒前想起昨晚约了你，就下去把门锁了，想反悔，不知道你还能从正门进来。我说，我也反悔了，我根本没去侧门，直接走的正门，咱俩打平。她说，那你还是别坐下，明晚这个点侧门见，保证不锁。我说，你真名叫什么。她说，杨怡彤，现在说不清楚，明晚我写下来给你。

我听完又把凳子搬回去，拉上门走了，下楼的时候脚还是有点颤。翌日正常点下班，到太空馆来，走的是侧门，果然没锁。

进了门，正好一道光打在我脸上，红的，随即又转换成蓝色，我的眼睛被刺得有点痛，就伸出手来捂住，然后强劲的音乐停下来。杨怡彤踢踏着鞋子跑过来，将我扯到边上，然后向场内道歉，鞠了躬。她拉着我走到一个柱形操作台旁边，用手指点了几下，音乐再度响起来。

杨怡彤说，哎呀，我忘记告诉你了，进这个展区要把握好时机。我把眼睛睁到正常幅度，看里面，一大一小两个孩子坐在底下是弹簧的飞船里，把握着巨大的炮台，正相互射击，光柱从炮口喷发出来。场外立着几个家长，每每光束击中飞船时就拍手叫好，还有另外一些家长牵着小朋友在等候。我说，我知道这个，舰队对决，我有时候也想玩，但是太贵了。杨怡彤说，全馆就指着这个赚钱，而且在这个厅上班轻松，每十五分钟按一下开关就行，没别的事干，这里的人都很规矩，按完可以自由走动。我说，现在是第几分钟？杨怡彤说，本来是四分钟，你走进来的时候我关了一次，现在还剩十四分钟，可以带你走走。

我们走到大厅中间，这时候宇宙大爆炸已经开始，不过是英文版，女声，讲得清晰有力，但我全没听懂。杨怡彤把脸凑到我旁边给我翻译，她说，一百三十七亿年前，宇宙中的所有东西，都被挤进一个无限小的点，它被称为奇点。我说，你英文真好。她说，我把中文的看了好

迟湖

几百遍，背下来了，我觉得有意思。我说，如果没有这个点，会有我们吗？她说，肯定不会。我说，或许在一百亿年前，或者五十亿，会有另外一个奇点出现吗，如果没有这个点的话。她说，我觉得不会，有很多事情看起来是整体，或是必然发生的，但其实它仅仅只是一个瞬间，是一个瞬间和往后所有瞬间的耦合，好比我们所看到的直线，是无限个点的集合，你能明白吗？我说，大概明白，我们的这一个瞬间，是拜那个一百三十七亿年前的瞬间所赐，但它们并非是强相关的，我们的瞬间保有它自身的连续性，对吗？她说，这样说也行，你比我想象中的要聪明，我有种预感，有一个瞬间我会爱上你。我说，你喝酒了吗？她说，只喝了一点。

我们走到观星台，星星正在流动，像落入了河水，在穹顶上漂游成两段闭合的圆弧，还有仿造的雾，比外面真实的要更真实些。我说，这种流速是符合实际的吗？杨怡彤说，当然，和现实保持一致，人类早在几百年前就制造出了替代太阳的工具，这些不算什么。我说，你觉得我们的生产，某一天会将太阳和星星取代掉吗？杨怡彤想了想，说，如果它们还在工作的话，不会有人想到要做这个事情，但是如果哪天它们消失了，我很乐意看到有新的东西成为它们。我说，我认死理，除了原本的那个，就都觉得差了意思。杨怡彤说，没关系的，要是真有那一天，你早就死掉了。说完又补充了一句，我应该也死掉了，没事的。

杨怡彤给我介绍了半人马座，我说不太像半人马，倒像是一个人举着小刀。杨怡彤说，你真悲观。我说，我认识一个附近的，我找找。然后我把手指伸到她面前，划出了南三角座。我说，这个像，纯粹的三角形，一点不带差。杨怡彤听得很认真，但我觉得她早就知道。很快马腹一暗下来，杨怡彤说，我要回去了，时间快到了。

我们走到飞船的后面，有一面挡光玻璃，其实挡不全，忽明忽暗的，但不刺眼。杨怡彤说，还有几分钟，你给我讲个故事吧。我说，故事？她说，是，我在那边站着无聊，光是个想。我跟她说了老师给我写的那封信，还背下来一段。她听完有点高兴，跟我说，这不算个故事，这只是一件事而已。然后我给她讲了西西弗斯的故事，就是那个一直推石头的西西弗斯。她说，是个故事，但是跟你没啥关系。我想了挺久，跟她说，我以前养过一只兔子，垂耳朵，有一只时不时能竖起来，另一只永远垂着，有次我忘记是因为什么，把它寄放在叔叔家里，第二天去取，死了，我叔叔说是冷死的。但我一直怀疑是我叔叔弄死的。杨怡彤说，对嘛，这才是个故事，真有意思。我说，还剩几分钟？杨怡彤说，还有一分钟，你要不要和我接吻。我说，这是那个瞬间吗？杨怡彤说，这是一个瞬间，但不是我刚刚说的那个。我说，不要，你喝了酒，我不会喝酒。

杨怡彤到玻璃的背后去，我没动，看着她将飞船上的小孩牵下来，又引上去一批新的，动作很娴熟，但有点用力。特别是有小孩在飞船的门阶上踌躇时，她会费力地扯一下。然后她按下按钮，绕过玻璃，走到我身边来。她说，我现在又有十五分钟了。我说，十五分钟是无限个瞬间吗？她说，可以这样说，但也可能什么都不是。

杨怡彤说，你看，找不到我的时候，家长会把门票钱放在控制台上，自己撕下一张票，有的还会按那个启动键。我往里面看，和她说的没差。她接着说，在这上班不费事，想往哪儿跑往哪儿跑，所以这个展厅最多人想来，我明天要调到二楼了，时间也要调晚一点。我说，为什么？她仰头，比了个往嘴里面倒酒的手势，接着说，二楼那个展区还挺有意思的，我挺喜欢。我说，给我讲讲？她说，刚好租的房子到期了，一场彻底的革新。我说，真巧，我也得找个更便宜的房子，现在睡觉和吃饭只能二选一。她说，我可以跟你合租。我说，你知道我叫什么名字吗。她说，只是一个提议，我白天回去，傍晚出门，除特殊情况外不见面。

我要到华昇的店里去，不远，在我上班的士多和太空馆中间，店名简单，就叫华昇水景。

店前浇了几座水泥假山，有水从孔洞里漏出来，底下修有凹陷，汇成一个小池，养一些金鱼，能够排水，但估计量不大，堆了几层青苔。走到里面，四排玻璃鱼缸，每排有三屉，中间留着狭窄的过道。我把三个过道都走了一遍，没有见到杨怡彤。

走到收银台前，刚好开口想问，华昇就对我说，李森，帮忙看下店，我出去一趟。我本来想拒绝，但是一时间也还未想到之后要去哪里寻找杨怡彤，便点了点头。他匆匆忙忙出去，我走进柜台，帮他将账本一类的物事叠放整齐，我做起来熟手，顺手还烧水泡了茶。

杨怡彤和我经常在这家店见面，第一次是早晨，我出门上班，碰见她坐在空出的架子上，用指甲敲击玻璃鱼缸，有几条小鱼起初感兴趣凑过来，力度一大就游散走了。后面我知道她深夜也会在这，有时喝高度数的酒，五十度往上，什么类型的都喝，有时光是逗外头的金鱼玩，到天亮回家，什么也不喝。

到我们熟一点，夜晚我会下楼来找她。她说，不睡

迟湖

觉,心里有事?我说,心里没事,不知道为什么,就是睡不踏实,老做梦,一晚上醒十几次,一次比一次难受,干脆下来翻几页书。她说,你不睡我要回去睡了。我没说话。她说,扮什么可怜,要我陪你也行,给我买点酒。我起身走到工作的那间士多,买了一瓶白酒,倒出来半瓶,兑进去三分之一水。杨怡彤喝完第一口,两只眼睛盯着我,我以为她要说我,但是什么也没说。她用手指沾了酒,伸到池子里,搅搅,鱼嗅到了酒味,散得很远。

我说,你别把鱼弄死了,华哥要生气的。杨怡彤说,酒字三点水,生活的活也是三点水,不喝点酒怎么生活。我说,除非鱼也识字,不然认不了你这个理。杨怡彤说,光听我说肯定不懂,酒樽到嘴边,一咂就懂了。

坐到天蒙蒙亮,太阳能见到一点轮廓,有云。杨怡彤说,跟你讲讲我的新岗位,我很喜欢,叫渡越虫洞。我说,之前问过你,你没告诉我。杨怡彤说,是吗?我以前看过一本书,外国人写的,忘记叫什么了,主角能想到最好的工作是在悬崖边上,看管一群到处乱跑的小孩子,不让他们掉下去,这也是我最想要的。我说,他需要跟着跑吗?杨怡彤说,不用,我现在的那个展厅,就是一条很长的隧道,我通常坐在隧道头,有时候去隧道尾,其实都可以,两边都能进人,头和尾也不太分得清。那个隧道很窄，不能走，只能爬过去，我一直在想，里面能看到什么，可能是和万花筒一样的，五颜六色那种透镜，也可能是一片白色，你知道吗，真正的虫洞，是黑洞和白洞之间的原点，但它也不是一个点，是一个曲面，很有可能像我们说的鹊桥。我一直在想，里面到底是怎么样的，有时候我会问出来的小朋友，他们叽里呱啦说一大堆，我觉得吧，还是不如自己去看看。我说，那你最后有去看吗？杨怡彤说，没有，但我觉得总有一天我会去的，等我看了我会告诉你，所以你也不要去看。我说，我还没去过二楼，我恐高。杨怡彤说，那之后也别去了，另外，跨越虫洞将无限接近视界，所需要的时间无限大。

后来我也给她买过六尾孔雀鱼，我们的房间太小，塞不下鱼缸，只能用之前洗菜的塑料盆来装，蓝色的，还捡来几块鹅卵石做点缀。她应该挺高兴，给我写了一封信。我们不见面的时候，通常用小纸条交流，如果有连两张小纸条都写不下的话，就会写信。她总是在开头写，李森老友，我如何如何。我开始觉得土气，后来也学着她写，杨怡彤老友。她在那天的信里写：你买的鱼特别好看，蓝色的，尾巴很长，看起来是身体先于大脑，我喜欢这种笨拙。脸盆也是这个颜色，有时候它们想把自己藏起来，躲到石头后面，我看得很清楚，那几条大尾巴，甩得太着急，有时候它们不想藏，反而和盆子的颜色混在一起，就不太看得见。

我本来也想写信，但是要说的话可能没有那么多，用纸条简单写了两句，其实心里是开心的。过了两天下班回家，发现鱼浮在水面上，翻着，整整六条，一条不少。我将鱼捞起来扔掉，然后倒的水，有不少鱼食积在石头下面，可能鱼也有生活的法门，只是没来得及吃就死了。水里有酒味，不重，混着一股子腥气，像是蒸完鱼要倒掉的汤水。我洗干净了塑料盆，加了不少消毒液，想到以后还能继续用来洗菜。结束之后我给杨怡彤留言：鱼都死了，我全扔掉了，可能和天气转冷有关。那几块石头我还留着，如果你以后想养，我再买几条回来，或许是金鱼，或许是其他的鱼。

杨怡彤回复我，讲话不用遮遮掩掩，我不是你叔叔，鱼不是我弄死的，或许你也该相信你叔叔，兔子可能也不是他弄死的。我告诉她，我没有这个意思，不要见怪。她回复，你的说法其实很能表现你的想法，这算是天赋，我从没在其他人身上感受到，也许你应该写点东西。我想了一下，好像也没有什么东西能写的，但还是买了一本硬壳的日记簿，没事拿出来画几笔，连着那支笔一起放在枕头底下。我和杨怡彤不共用枕头，我睡醒了会将枕头收起来，杨怡彤不收，但我从不用她的。

是这样的，杨怡彤说我悲观，通常是在她喝了酒之后，她在不喝酒的时候也会哭。我其实早就知道。她的枕头上满是泪渍，我没说破，问她要不要洗洗枕头上的口水，久了要发黄。她说，晚点，洗早了又要流，一样要发黄。直到停工的台风日才算确认。那天很早就黑下来，像晚上一样。我想要去公用的厨房煮面，问她要不要，顺手煮了。她说，不要，你也不要吃，门窗关紧了，味道散不掉。我说，不吃东西要死的。她说，我这有精神食粮，过来，我们一起看部电影，我光看电影就能不吃饭撑个三天。我说，三天之后呢？她说，还是得吃。我走到床边坐下，电影播放的时候她趴在床上，脚摊直了，我一只脚有落地，另一只悬空挂着。

是一部文艺片，挺无趣，开头就是两个人在走，看到快结尾还是两个人在走，中途只说了几句话，从有植被的地方走到了荒山，还换了一个人背行李。我说，有点没意思，要不换一个。杨怡彤没说话，眼睛盯着屏幕，转也不转。我说，不知道你喜欢，你爱看我就陪你看完，然后我去煮面。杨怡彤突然就哭了，眼泪迅速流下来，在床单上碎开，我看着的，特别剧烈，像是被煮沸了。

我说，面我不煮了，无论多少我都陪你看，也不说话

迟湖

吵你，行吗。她呜咽了两声，没有避忌，过了一会说，那两个人一直走，是为了活下去，我们不走也可以活，为什么还要一直走啊。我说，你说的走是不是有隐喻，或者就只是走。她说，我不知道，从这里走到太空馆上班，有隐喻吗。我说，可能有，但我没太听出来。她说，从内陆走到这里上学，算有隐喻吗。我说，可能性大了点。她说，从这里折回去看杨献衷呢，算吗？我说，你爸怎么了。她说，死了。我说，什么时候的事。她说，认识你前两天。我说，那为什么现在才要回去。她说，也不完全是现在，没上碑之前女孩不能去坟头。我说，为什么不上碑。她说，儿子没结婚就不能上。我说，什么狗屁规矩。她说，我哥快要结婚了。我说，我还是没懂你的隐喻。她说，没什么隐喻，本来就没有隐喻，我哭是因为我突然想到，我是逃来这里的，不是走啊，是逃啊，逃是有出发点而没有归宿的，可能某一天就会发现，你去过的其他地方，得到的其他东西，什么也算不了，和你真正有联系的只有出发点，你只属于那个出发点，我是在逃啊。

我挺想问她为了什么而逃，也想问问杨献衷的事，最终什么也没有说。拍了拍她的肩膀，起身下楼煮面，端上来的时候她好像犯困，吃还是吃了不少，然后睡着了，很安静，和喝醉了没有两样。

华昇回来之后问我，是不是要买鱼。我说不是，我发现自己根本不会养鱼，之前买的都死了，我只是来找杨怡彤。他说，杨怡彤没有来过，至少我出门前没有，我出门是因为送鱼的卡车锁头锁死了，钥匙找不到，鱼快要闷熟了。我说，那现在找到了吗。他说，没有，叫了锁匠来撬。我说，那你怎么回来了，我看着没事的。他说，算了下时间，撬开的时候刚好熟，我就回来了。

我感觉他的损失应该紧要，一时间也想不到安慰他的话。他反而跟我说起杨怡彤，他说，她太聪明了，以后谁和她结婚，管保被压一辈子。我说，也有一些不是特别聪明的时候。他说，上次我店里的管子塞了，我要找人来通，她就比划那么一下，叫我加水，我说这怎么能加水呢，要满出来，她说要是满出来全给你喝了，我说那就加吧，正好到顶的时候，通了，她说她是物理学家，我认了。我说，物理学家？他说，是啊，她不是学这个的吗？我说，不太了解，还没听她说过。

我其实从来没确定过杨怡彤是什么学家，或者说很多时候她也不知道自己是什么学家。她在我面前有时候说自己是数学家，有时候是天文学家。她总是在各种领域向我提出观点，暂时还没有出错过。我笑话她，她说，无论什么学家，不都是在找东西，都一样，有共通性。我说，我想想有没有反例。她说，我先想到一个，杨献衷死了之后，我见过一次家里亲戚，去吃饭，十来个人，我婶子跟我打招呼，我们对视了很久，大概半分钟，后来我叫了声姑姑。我说，没懂。她说，李森，那半分钟里我就在想，找东西很占位置，一旦找多了，就容易把自己和世界上所有东西的关系忘掉，而有一种学家是专门为了找自己而生的，他们努力工作，搬走一切的东西，就是为了在宇宙中找到自己。我说，这是什么学家。她说，不知道，就叫他们找自己学家吧，我也有可能会变成这种学家。

大概是春天的时候，杨怡彤说，李森，我这几天走在路上，都没有见过发芽的植物，你说春天真的要来吗？我说，你上班那条路就有，三角梅，茬子直往外冒。她说，真的吗，我怎么一次都没有看见。我说，你没注意而已，下次出门多留神。她说，我又梦到杨献衷了，我们那春天落水多，没修碑，那块全是土，水一冲就把他冲出来了。我说，那里的他有没有穿衣服，还是以前的相貌吗。她说，别恶心人，是棺材，里面还有个瓷盒子。我说，会没事的，别担心。她说，我觉得是我在该担心的时候逃跑了，但是就一直撂在心里，总有一天要被他追回来的。我说，这个他指的是谁。她说，别管，杨献衷的葬礼我应该去的，我也不知道我为了什么不去，可能是赌气，可能是为了别的什么，我当时很难过，我该去的，但是我就是没去。

华昇说，杨怡彤去哪了，没告诉你？我说，有，但是我想先来你这看看，我以为她会骗我。华昇说，骗你图什么，她说她去哪里了。我说，她说她去上班，我不知道图什么，就是挺想她骗我的。华昇说，我要干活了，你急的话不如去太空馆找她，不急的话自己坐会，我给你烧点水泡茶。我说，我泡好了，用的你桌底那包茶叶，想去太空馆看看。华昇拿起茶壶往店外泼水，说那包茶叶被猫抓破了，不好了，也没来得及扔。

我按照杨怡彤上班的路线走，路沿停了四五辆白车，灯没打着，里面也没人。再往前走是一个小区，听得到说话声，乱糟糟的，不知道有什么事。今年雨水多，之前说的三角梅淹坏了不少，活着的也没开花。插空种上了一些别的植物，看不出是什么。我在那个本子里好像写过类似的话，我本来没留意过那几句，写完就忘了，还是因为杨怡彤，才有了印象。

杨怡彤给我留信：我偷看了你放在枕头里的笔记，看着像小说，其实也像散文和其他一类的东西，有一些写得好，有一些写得不怎么样，总体挺有意思。我其实没想看，一个是失眠，一个是没忍住，就看了。里面有些写我的桥段，我知道林倩就是我，那些桥段不太真实，也不合理，但是看完我会哭。我有时候会相信我将要和林倩做出一样的选择，这件事非常可怕，可我真的想不到怎么解决它。信的旁边还有房东的续约合同，她没在上面签字。

总算走到太空馆，想起自己已经很久没有走进这栋建筑了，它居然没有变得雄伟，而是和原来分毫不差。我在一楼转了一圈，外面还是白天，观星台里有星星。一位职员告诉我，其实星星一直都有，只是在白天用肉眼不太能看得见。只有我们这才能看得见，他说，可能这就是我们来太空馆的原因。我点头表示认可。

我问他，杨怡彤有没有来上班。他有点迷糊，好像不知道有这么一个人。我说，短头发，比我矮大半个头，小眼睛，眼睛旁边有一颗痣。我想了下，补充了句，有时候上班爱喝酒。他拍了拍脑袋说，我知道了，杨依彤，依然的依嘛，她在二楼上班，你如果需要的话我可以领你上去。

我挥挥手别过了他。站到那架环形楼梯的时候，我想，杨怡彤现在正领着一大堆小朋友，在一个狭窄的口前蹲下，双手伏地，爬进去，里面装着花花绿绿的镜片，仿佛能把时间和空间都系在里面。前面还有缓坡，可能要费点力气，但是每个小孩都能够爬出来。他们从一个口出来，眼前是什么很难说，可能是不同颜色的星球，可能是大爆炸前的一片漆黑。有的人害怕，跑了几步，或许还要摔一跤，流眼泪，眼睛一朦，什么也看不见。这时候杨怡彤扶起那个跌倒的孩童，拍了拍手，四周的灯统统亮了。

想到这里，我转身走到了室外，隐约有几朵云，被风吹走。在数个瞬间之后，一颗星的视野变得开阔起来。

迟湖

美梦星

一

十五岁之后，我时常躺在整片蔓延无际的夜空里看星星，不论是学校天台上、后山山坡的树杈间或工人运动场的大草坪中间，只要是视野能被整一块星夜囊括的，就都可以。我对脑袋下枕的事物并不多加挑拣，能舒服是最好，因此我最经常的去处是刚刚提到的天台，那里积蓄着许多废弃的旧桌椅，随手选几件拼凑起来，就是不错的观星台。

我能听到星星滑动的声音，它们总学不会在夜空里隐藏自己——这声音有时是聒噪的，像是铁轨上列车倒行的轰鸣声，随后就能见到一道星轨从漆黑版图中划过；更多时候是安静的，就好似一滴水在岩壁上平稳地游动，直到它融入地面或另一滴水，发出锵然的撞击声。我习惯将心跳声平复下来，这么一来，包括我本身在内的整个夜晚就变成了一片音律的海，随着它自己的规则运动；有时我也鼓动我的心脏，像钟摆一样将心脏与壁的撞击声融入其中，那么这片黑夜将成为我液态的乐器，随着我的敲击而涨落。我不知道我描述得是否准确，许多人听不见这声音，我自然也没从谁那里学过有关它的修辞。

我和许多人提过这件事情，可没有人相信，他们认为我们离最近的恒星都有着数十光年的距离，即便它们能发出声音，恐怕也很难传递到我的耳中，他们更愿意相信那是我耳道里污垢相互撞击炸裂的声音。好罢，反正我从十五岁之后就很少跟别人谈及我心里的事情了，也就是在意识里确凿了别人不愿意相信我的这件事。何况我还有一件更大的秘密没有跟人说起过：

我是曾经做过梦的。我知道这件事太过于荒唐，恐怕真没有哪一个人愿意相信。

二

我仍记得十五岁生日前一天的事情：

这一天的蝉叫得很凶，但它们是我想象出来的，只在

迟湖

我一个人的意识里大声鸣叫。像这样的夏日下午，蝉本就应该叫得欢快的，我这样的想象也不失合理性。只是这个世界上已经没有蝉了，二二〇四年的五月，最后一只公蝉在加州的实验室中死去，第二天以图片和编码的方式出现在新闻上，引发世界各地人群的一阵又一阵听似蝉鸣的哀呼声。

历史课本翻在第七十六页，我将它挡在脑袋前昏昏欲睡。

老师正在讲二百三十九年前的那场灾祸，我觉得有些无趣，因为课前已经将这段预习过好几遍，即便叫我复述也能复述得准确的：二百三十九年前人类找到了每一个梦的源头——那颗小型卫星，人们给它取名美梦星。同一年七月五日，美梦星坠落。当天晚上，人类失去了进入梦境的能力。

我自认为对这场灾难了解甚多，可历史书上的记载只寥寥到七月八日一场浩大的抗议游行，人们反对政府对美梦星坠落地点的封锁，主张每个人都有贴近观察它的权利。这场游行活动以胜利告终，数万人突破警戒线，汹涌向那颗苍白的陨石。书上附上了一些近距离参观美梦星的人们的照片，他们之中有的匍匐在陨石上，有的则是坐着入定，但大部分是躺在美梦星上睡着，透过模糊的照片，我还能看到各式各样的枕头。历史书的编撰者细心地在照片的下方用灰色小字标注了一行：

"这些美梦星的早期探索者们无一幸免地进入了永久的梦乡。"

在后面一段历史中，科学家尝试过分析他们的大脑，答案是出奇的一致，在数万个个体中间甚至没有概率性的偏差出现。在美梦星上睡着的人，他们的大脑异常活跃，甚至远超他们清醒时的状态。这时期的科学将人睡眠时的大脑分成两个阶段，非快速眼动期和快速眼动期。历史书上没有细述，却不难得知：在快速眼动期中，人的大脑飞速地运转，去处理那些他们日常生活中忘记思考的问题，因而有了梦境，这是当时生理学上的解释。科学家们连着做了好多天的观察，可那些人一直处在快速眼动期中，也就是说，他们持续性地被困在了美梦星为他们设置的梦境里，再无法抽身了。

政府将早期探险者们成堆地用卡车搬运到医院里，甚至尝试用电击、灼烧等对待恶劣罪犯的方式解救他们于梦境当中，都没有奏效。一时之间如何归置数以万计的植物人又成了难题，广泛的游行又再度爆发，我感觉其本质差不离，只不过上一次是为了自由，这一次是为了人权而已。游行活动仍是胜利，一个个美梦星探索者安置疗养院被建起来，由各国政府合资为这些人群提供最基本的给养，有淘气的小孩将它们戏称为"停星间"。我想这算是个不小的花销，于是在那个世纪的末尾，科学家们想到将这些活跃的大脑结合起来，链接成一个巨大的生物计算机，作一些计算量极大的运算。这是个好办法，给财政省下来不少的钱，最后甚至能创造营收，但都是后话了。

有个好玩的事情是，自从没有了梦境，人类的科技也几乎停滞不前了。科学家们又花了几百年研究梦境与科技和基础物理的关系，到目前为止还是一无所获。

至于美梦星上的睡眠者是否都在做美梦，这个问题我没有确切的答案。但我想应该不是的，我从老家旧书柜隔层里的古书上见过"噩梦"这个词，词典上它的意思与美梦完全相反，指梦见那些阴森可怖而梦主人最害怕的东西。那些人之中肯定也有做噩梦的，甚至会有人做不好不坏的梦。只是我也没做过梦，不知道这些梦的确切分量。

以上就是历史老师向我提问时我的回答。他点了点头，表示满意，我虽然昏昏欲睡，但已是班里为数不多的几个情愿听他讲课的人之一了。在这个新得不能再新的时代，很少人会关注历史，这个时代的格言是：明天是今天的否定。他们甚至不会在格言里提及昨天，每一个昨天都是值得被抛弃的。其实不太公平，我喜欢那些亘古不变的事物，喜欢看每日同样的太阳起落。据说历史这个学科将在几年后被取消，此刻我能隔着时间在历史老师肥胖的脸上看出愤恨和无奈。

我环视了四周，好像没有人要给我鼓掌，便打算坐下，谁知道本该有凳子的地方空无一物，我一屁股坐到地板上，班里沉闷的气氛顿时被我点燃，热闹非凡。本来自然是看笑话的人居多，但有好事者看了坐不住，也要去扯前座同学的凳子，于是二人便怒目相视，要将拳头挥舞起来。这还不算完，身体单薄的那位看形势不好，呼朋引伴了一番，结果对方也不示弱，两方人马围绕某条楚河汉界集结起来，就要开战。原本在大笑的多数人此刻也转为兴奋，同时为双方呼喊着加油。肥胖的历史老师走下讲桌，也只是束手呆站着，不知道该劝停哪一方好。

我本来故作成熟，将凳子移回座位，想要假装无事发生地坐下。哪知道我刚回头，看见后座的陈可一副呲牙咧嘴的凶相，就按耐不住，也想跟她展开斗争。

"你搬我凳子干什么！"

"睡在美梦星上的人做的就是美梦！"

"什么？"

"如果他们做的不是美梦的话，为什么那颗星星要叫美梦星？"

迟湖

我被她突如其来的问题问呆，气势减去大半，再要纠结凳子的事也不能，于是只得往她的问题处思考了。一时之间又没有好想法，嘴巴里跟跟跄跄地跌出一个答案来：

"我觉得……只是因为美梦星这个名字好听……"

陈可好像被我的答案彻底激怒了，脸上红了一大片，想要与我再辩，周围的杂乱声响已不允许。她露出几分急切的神情，抓起我的手就往外拖，我被她带动着跑。我们穿过几条长走廊，经过数间正在上课的安静的教室，里面的人被踢踏声惊动，纷纷侧头来看，我觉得不好意思，也将头转得与他们同一侧。再看陈可时，只能看见她的后脑勺，一丝一缕的头发被风吹动，阳光照耀下，显出金黄一片，很是好看。这让我联想到未收割的麦子田，可是又怕她听完不满，挥舞拳头来揍我，就没有说出口。

陈可是个怪人，因此我对她是时常带着畏惧的。这个评价并非由我发起，而是许许多多的其他人。可他们也只是知道她怪，不知道她怪在哪里。我和她坐前后座，我是十分知道的。

陈可的理科类成绩总是第一名，尽管她好像从未听过任何一节课，上课时总把脸朝向窗外发呆，或是嘟圆了嘴，用拟态的方式学习金鱼吐泡泡，老师有时候提问她，她开始会抬起眼睛看一下，随后就又将头转向窗外，到后来连看都懒得看了。自分班后的第一次考试以来，从学生到老师，每个人都对她的成绩感到难以置信。刚开始认为她作弊，校长室外面的信箱塞满了举报信，惊人的是每一封都言之有理，罗列出详细的证据，好笑的是，每一封里的提供的证据都不一样。有人说她和后座对答案，有人说她偷窥左边同学的答题卡，比较令人信服的说法是说她在裙子底下的大腿上偷偷写小抄，至于说她和监考老师串通作弊的，我想校长应该不会相信。要是这些举报信的内容都成真，我不敢想象她的一场考试需要多大的工作量。

她在后来的许多场考试里都被严加看管。校方一共派了三名老师在她身旁巡视，辅以考场内无心留意自己卷子而全神贯注监督她的数十名志愿者。她还是一样，蔫蔫的，趴在桌子上写题，有时候半天才写一个字，有时候稀里哗啦地写出来一大串。考试结果出来，她仍是第一名，这又将对她的猜疑推向了另一个风口。

这时候再没有人说她作弊了，只是也没有人认可她。有人说她爸妈都是科学家，她继承了家族馈赠的聪明的头脑，因而她考第一名对大家算不上公平，应该再组织一些科学家的后裔分门别类地进行考试和排名，这才算是合理。不然她仅靠她的聪明即可轻易获胜，对努力的大多数不好。这些话我想陈可也是能听到的，首先我肯定她听力没有问题，其次是这场讨论的声势浩大，光看手势也能明白大半。陈可不予回应，这段讨论也就被搁置了。

我知道陈可的父母并非科学家，她的天才多半属于她自己，这是她在跟我下棋的时候透露的。我跟她其实关系不浅，平常也能说上一些话。她有时候上课看风景看得闷了，就拿铅笔戳我的后背，意思是邀我下棋。我便转过身去，和她在作文本上下五子棋，方法是用铅笔在格子里画交叉和圈，她的棋力惊人，我与她下了几千局，少有胜场。那仅有的几次要么是我运气好，遇上她犯困，要么就是她有意让我。到后来这棋局已被我们熟稔，前面十几手总是相同路数，就干脆用钢笔画定，不再擦去了。我的五感也随之进化到一种新高度，我上课时总是留心背后，能从各种杂音中分辨出她的动作引发的声响来，我听得到她铅笔尖呼啸的风声，她的铅笔快要戳到我时，我已能伸手去抓住了。

就这样，某一天我们的棋下到三十四手，她抬抬眉毛，意思是劝我认输。我会意，拿过本子来擦拭掉笔迹，就要开始新一轮对弈时，她按住我的手，说已经玩腻了，要我跟她聊聊天。

那天我跟她聊了许多，她说她知道许多，从天文地理到生物化学，有些是天生就知道的，有些则是从书中找到的。她从来没有做过实验,她知道实验是复杂的,在她做好万全的准备之前她不会开始她的第一个实验,她的第一个实验必须是完美而富有意义的。她的家庭幸福美满,只是爸妈工作很忙,陪伴她的时间少。她与自己相处的时间很多,利用这些时间,她逐渐消磨掉和他人相处的能力。她说她没有朋友,和我一样。

我有点不服气,想要从我认识的人里面找一个称得上朋友的人来反驳她,思索了半天也找不出一个名字。她被我气急败坏的样子逗乐了,像个大姐姐一样伸出手来摸我的头,我更觉屈辱,发誓要主动出击,在一周内找到一大群朋友来证明我并非如她一样没有同人交往的能力。

结果比我想过最坏的还要糟,我只知道陈可是公认的怪人,却不知道我也早已被划入了怪人阵营,稳坐第二把交椅。当我主动接近他人时,会被认定为正在释放某种具有传染性的物质,是要将无辜的人拖向我们的贼船。这并非是我的臆想和猜测,有次傍晚,我跟在某个小团体后头,想要跟他们一起回家时,他们跟我说的。他们也并非有意伤害我,只是跑得不够快,没能在那些巷子口甩掉我,才有的无奈之举。他们说可以跟我一起回家,可是不能让别人看到,不然他们也要失去朋友的。

我自然难过了许久,最后低着头向陈可告负时,她又咧开嘴大笑起来。这个时候我自然怒火中烧，想到自己承接了她的灾祸，还要受她的嘲笑，自然不甘。为此我下定决心与她绝交，还像模像样地写了一封断绝书，后来想想，其实很缺乏合理性，毕竟我跟她从来没做过朋友，哪来的绝交一说。总之我跟她的关系也冷下来了，她仍是会用铅笔戳我，可我不作反应，更不会再转过身去同她下棋了，我与她再没说过一句话，直到今天。

回过神来，陈可拉着我的手已上了四五层楼，正站在一扇布满黄绿色锈迹的铁门前。我初停下来时没有感觉，过了好一会才发现自己体力不支，将双手撑在膝盖上大喘粗气。稍微抬头看，陈可的体能似乎比我好，全然像没有长跑过一样，从脑袋上取下发卡来捅铁门上的锁，三两下就开了。

她又要来拉我，我摆摆手示意她先进门。等我缓过来，踏进那扇门时，发现铁门内外完全是两副光景，有种走进桃花源入口或是时空穿梭的机器一般的感觉：门内是再普通不过的学校的楼梯，我想这没有一分值得赘述的。门外就大不相同，我看见翠碧的野草从水泥缝隙中迸发而上，人的痕迹被撕得七零八落，中间还间杂着许多紫色和黄色的小花，每隔几米就有一棵形如草的树或形如树的草，我还看见天空像一张不断向内收缩的网，将我们拢成一团。我被一股生机侵袭着,想要说话,却仅仅是张着口。

陈可摆好两张相对的椅子等我,我走到其中一张坐下,我知道她又要追问我一些有关美梦星名字由来的事情,也知道自己一定给不出让她满意的答案。便坐着呆望她,等着她先开口。

"如果人的意识是量子态的电子的流动的话……会怎么样?"陈可说。

"什么?"我没想到她要说这个。

"如果人的意识是量子态的电子的流动的话,那么梦境就是一条向着宇宙中心不断流动的电子的河流。"她没有管我,继续往下说。

"很好的比喻……"我还是不知道她想说什么。

"那么,当这条河流中的水到达一定量的时候,也就是电子达到一定量的时候,会产生什么?"

"我不知道,给点提示。"

"电生磁。"

"产生磁力?"

"笨蛋,是产生磁场,"她好似正在重新熟悉以往骂我的感觉,"那么要是我们在这个磁场里面运动会怎么样?"

"切割磁感线!"我总算得到了一个可以给出答案的

题目。

"是的，切割磁感线后我们会得到电子，那么要是这里面也存在着守恒定律的话，我是说，如果我们能得到同一个产生人的意识的量子态的电子的话……"

我死盯着她的眼睛，我在某一刻总算意识到她想要说的是什么，而她正要说的对于我具有怎样的吸引力。我想要开口说话，却再次感到当中匮乏，于是目光不自觉地移向她紧闭的唇：

"我们就可以进入别人的梦。"

我们异口同声，又分别感到牙颤。

真希望夜幕在这一刻倾倒下来，我一定会顺着太阳的落点，决绝地唾弃以往的每一个无趣的夜晚。进入梦境是这个时代特有的天方夜谭，本身就带着科技和历史相撞击而成的朦胧美，如今骤然将它提到我面前，叫我难以辨认。

我望向陈可，我想这不会是她第一次思考这个问题，她一定是有了答案。可她的脸上却是我从未见过的凝重，我觉得此刻我们就像两个在普罗米修斯送火之后围着火堆坐立不安的原始人。

我试探性地问她："你不会已经有计划了吧？"

她并不答复，从凳子上站起来，走到旁边的废旧椅堆中,一张一张地挪动椅子,最后竟挪出了一条通往椅堆深处的路来。她走进去,不久就抱出一个深黄色防水布背包来。她对我努努嘴,示意我接过。

我接过背包打开,里面是两个钝头的大铁叉子,从尖到柄上都缠满了铜线圈,两个叉子是不相连的,它们的顶端各有一个小功率的直流电机,末端分别接上一个头戴式的现实增强设备——我能认出来是因为我在古籍中见过,它在一百多年前似乎流行过一段时间,后来出于实用性和各种安全问题淡出了市场。

我再看向陈可,她现在的脸上已满是骄傲的神色了,正等着我夸奖或表露震撼。我可以从下午到现在发生的所有事情推测出这是陈可制造的入梦工具,只是我实在不知道这两件物品是怎么给予她充分的自信的,在我看来它们身上贴满了无用和极度危险的标签。

"我……我想问一下……这是什么东西,"我说,"是你制作的吗?"

"切割磁场线的家伙,戴上这个就能进入别人的梦。不全是我做的,但是我有功劳,我从老家仓库里翻出来的时候它还完全不能用。"

"你给它安上电池了?"

"是。"

迟湖

在她开口之前,我就已经知道她的回答,但现在她亲口说出来,我还是觉得难以置信。我用双手擎起两个铁叉子,问她:

"它甚至连个底座都没有,总不能让人挥舞着它进入梦境吧?"

"笨蛋,才没有这么简单。"

她白了我一眼,夺过叉子,将她方才坐过的椅子往下翻,倒立的椅子踏脚处刚好有个缺口,她将叉子按下去,正好合适。

我被惊得目瞪口呆,她似乎并没有我想象中的得意。她将脸往我的方向凑凑,抬起头来,有风吹来,额头的几撮头发正好碰到我的鼻尖:

"如果机器成功的话,你愿意当我的第一组实验对象吗?"

我被她灵动的头发挠得一时无法思考,怔在此处,似乎她讲了一个并不怎么好笑的笑话而我正努力寻找其中的笑点。

她见我久不答,似乎对我十分不满,便将脑袋远远移开去看天了,嘴里还嘟囔一句:"小气鬼。"

我意识得以恢复,话说出口也堵着一股想要证明自己不是小气鬼的气:"但是你忘记了最重要的一点,人类已经没有梦了,在美梦星坠落之后……"

"有的。"

她将头转过来与我对视,我明白她没有在开玩笑。我将目光偏向她身后遥远的地面,太阳正在下落,砸向一片树林的尖端,几只灰黑色的鹀鸟受了惊,麻木地振翅向各个方向飞去。我知道她想的是什么,不自觉有些害怕。

"美梦星吗?"

"对的,"她朝我微笑,"走吗?"

我想起那些历史课本上那些因梦瘾发作而躺在那块大陨石上的人,想起家里的爸妈,想起我十年前养死过的一条紫色尾巴的小金鱼,想起课桌上那本翻在七十六页还没来得及合上的书,一时不敢回答。

"朋友都是两肋插刀互相帮助上刀山下火海的不是吗?"

"好吧,那我们是朋友吗?"

"不是。"

"……"

陈可生硬地朝我伸出手来,我白了她一眼,也伸出手去握住了。她的眼里闪过一丝狡黠,随后便弯成月牙儿,再露出牙齿笑起来。我此刻的恐惧肯定是有胜于欢乐的,但不知怎的,也被她感染得咧开嘴来。我们握着手笑了一阵。

迟湖

"事不宜迟,今晚八点廊牌桥站见。"

"我想给我妈写封绝笔信,能不能晚点。"

"不准写,相信我,不会有事的,"她信誓旦旦,"我认为美梦星让人不能醒来是因为每个人都被困在自己的梦中,如果我们能相互到对方的梦中的话……不会有事的。"

"保险起见嘛……"

"好吧,那就改成十点,别迟到,工作日的末班车是十点十分。"

她生怕我会反悔,伸出小拇指要跟我拉钩,我到现在才知道,原来她对原始契约方式的信赖远胜于科学。我钩住她的手指,她抢先我一步开口:

"拉钩上吊一百年不许变!"

"变了的是什么?"

"胆小鬼!"

"好,一言为定。"

简短的仪式过后,陈可再不管我,背起那个防水布包就要下楼,我被她晾在原地好一会才反应过来问她,那张破椅子需不需要拿。

过了十余秒,我听见她的声音跌跌撞撞地从楼梯下盘旋而来,夹带的是喜是怒已难以辨别:

"猪头,我有塑料的便携椅子。"

三

我到达廊牌桥站时刚过十点。

陈可已经在站台旁的长椅上等我了,她嘟着嘴,想必是对我的后至十分不满。我抬起手想要向她展示手表上的钟点,谁知她会错意,也举起拳头,绕过我的手臂,向我的脸击来。我心里一惊,可好歹还做得出反应,忙将另一只手抬到面前挡格。她见状,收拳至腰,朝我不设防的肚子上轻轻地打了一拳。

我被她戏弄,心里本就不快,将手从面前移开后还见到她朝我做的鬼脸。我气不打一处来,转身就要走。陈可料不到我会如此威胁她,眼看车就要到了,忙来扯我的手。我就像一头倔脾气的耕牛,受了她的力反要将她往相对的方向拽。这样另类的拔河游戏相持了好一会,到列车进站,我听见她喊一声,"不玩啦",随之松开我的手。我顺着自己的惯性横飞出去,摔在地上,她捂着嘴上车憋笑,我虽一阵脸红,也拍拍屁股跟着上车。

是末班车,车上只有我们两个人,我赌气不与陈可说话,车厢内的沉默就显得格外具体。我听说以前的公共交通上都挤满了人,即便是没有乘客,也会有一名司机坐在前头,退一万步讲,即便连司机也没有了,只留下一只脚在油门上,也会有圆形的车轮轰隆隆像炮仗一样在地面滚动的声音,那时候人们应该不会为安静而烦恼。人类是固执并富有侵略性的动物,人的所有思维都是向外的,向着那些未知和未被拥有的——人类不停地索取,不停地得到,同时却不停地烦恼。我想,在这个连历史也被消解的年代,人类应当学会知足了。但我此刻想要很多,我想要一道闪电击中列车,从车头到车尾、从我和陈可之间穿过,我们身上充满了电流,在闪电的记忆里我们看到两百多年前,某位扎着马尾辫的小女孩也像我们一样出走,从城市到山野,她的夜晚也会是我们的。我还想要跟陈可说一两句话,于是我便说了:

"我想知道为什么美梦星会影响人类的梦……书上讲的我看不懂……"

其时陈可正在朝着车窗出神,和她千百次上课时望着窗外发呆没有任何区别。可那一刻她听完,转头看我,好像还没有从自己的思维中抽出身来,只是朝我扑棱扑棱眼睛。她什么也没有想,那双眼睛就像翠绿的池水倒灌进深渊里,棕黑的眼眸在一片碧色的汪洋中荡漾,她眼眶中有一颗痣,在此刻是缠在月亮旁的启明星。因此我觉得她又好像和以往都不一样,却说不出来有什么不同。

"你知道为什么会有潮汐吗?"

"不知道。"

"因为月亮，"她搓搓眼睛，"月亮的卫星引力影响到了距离它四十万千米、较它四十九倍大的地球上的一样事物的变化……那就是潮汐。"

"所以呢？"

"我们将月亮的引力称为引潮力，如果没有引潮力，那就没有潮汐。懂了吧？"

"懂了，但是我问的不是这个……"

"你真是猪头，将月亮换成美梦星，美梦星身上也具有某种引力，它时刻都在影响形成你意识的磁场，它正控制那条意识的河的河水的涨落，"她说，"这种引力还没有名字，如果可以的话，我希望叫它'引梦力'。"

我承认陈可具有非凡的智慧，在她解释后，我觉得这个原理也不过如此，甚至一度忘记曾经自己在书上翻找时如何搔头抓耳。

我们算是打开了话匣子，说了许多。先是斗了一会嘴：她问某位胆小鬼的绝笔信有没有好好压在枕头底下，别过早让妈妈发现了将我们两个逮回去；我说有个冷血动物是不是学不会跟爸妈告别，不告而别、离家出走的才是真胆小鬼。随后又相互交代了一些情况：我说我在信里面写，我从小到大生活条件太好了，基本上什么东西都能得到满足，过了今晚我就十五岁了，现在有一件事想要去做，除了我自己谁也满足不了我，因此我就去了，如果我没有回来，或者是以奇异的姿态被遣送回来，就将我收藏的书和电子玩具捐了，一件也不要留；她说她爸妈都是建筑师，出色而伟大的两位，他们的热情撒在了那些史诗般的巨殿的每一块砖缝中，留给她的自然要少些，他们很忙，她今晚一个人吃了晚饭，最后测试了一次入梦工具，八点不到就在廊牌桥站等我了。

当列车提示到站的时候，我发现我们有说不完的话，起码在这一趟车程中说不完。车站的名字叫荒樵，我猜测在美梦星选择在此降落之前，这里应该是一片长满落叶林的绿地，那时它的名字应该叫茂樵或者盛樵一类。所以美梦星对地球的影响应该远不止一种，这么看来某种意义上它竟比月亮要伟大。

我将想法与陈可说了，她说我有病。拉着我走下车厢看，四周仍是林木旺盛，枝桠繁茂得夸张，错综交叠着快要联手将天空蔽过了。车站的面前就是一条七零八落的小路，这条路坑坑洼洼的，不用细想就知道是一脚深一脚浅的人群走出来的。我下车前还想问陈可清不清楚到达美梦星的方向，现在想来全不必问，我们想要做的梦和所有人做的梦都相同：只要跟着前人的路走，就能到达同一个终点。

但我还是问陈可,从这走到美梦星有多远。她说她也不清楚,估摸二十公里是有的。我听完,心中对美梦星的企盼与热情自然地熄灭大半,两条腿也止不住地发抖,家里老几辈的人跟我说过,在大约三百年前,每个人都能走个五十公里不喘气,现在的人不行。社会进步到现在,人类逐渐地将非社会性的机能淘汰掉,我曾经在生物课上研究过现在的人和以前的人的屁股,发现现在的人的屁股显然要比以前的人的更圆些,因为座椅越来越舒适和人性化,我觉得这不能算是进化,只能算是人类依靠科技的一次简化和自我革命。

陈可好像受到了我的提醒,将她的防水布包扔到我肩上,大摇大摆地走在前头。我苦不堪言,每每提出交换背包的申请时都会遭到她的拒绝。想要像她一样将背包直接甩到她身上时,她便利用负重上的优势,加速往前跑一段,我鼓足了劲去追,谁知脚步越来越沉,离她也越来越远。她向前跑时会回头看我,始终与我保持安全的距离,在我停下来喘气时她也会停下来等我,朝我做几个鬼脸或说些风凉话,最后便干脆倒着走路,要是我奋起直追,她再正过身去跑几步。

我们这样玩闹着,也不想是对赶路有损害还是裨益,

迟湖

也忘记了那道人脚走出来的小径是两百年前的事,草木不断生长。回过神来,脚下的路已是杂草丛生,再望来路,树和树之间仿佛容不下一张纸,天空上也许还有几颗亮星,但有层层叠叠的树叶遮掩,什么也看不见。

陈可不再往前跑了,站在原地等着我过去。我有些慌乱,仍然强装淡定,经过陈可身边的时候也不停,继续往前走了几步。她不敢一个人走在后头,跑了两步来拉我的衣袖。我们一直向前走,走了十来分钟,她说:

"我们往哪走?"

"往前走就是了,一直往前走的话总有路。"

"可是,在不知道方向的情况下,我们以为是一直在往前,事实上很有可能是在原地转圈。"

"我知道,或许我们应该在树上做标记,像原始人那样。"

说完,我在地面上拾起一块较为尖锐的石头,在树干上刻字,从"一二三四五"往后数,隔五棵就刻一次。就这样,我们又再往前走了二十分钟。

检查了周围的树后,我发现我们确实没有在原地转圈,周围的树上一个记号也没有。可是另一种更深更密集的挫败感从我心底升起,我感觉到这片树林广阔没有边际,我们可能再也走不出去了。

恰好这时我双腿的麻木被失落唤醒，我不想再往前走了，也不管地上是干是湿，一屁股坐在地上。陈可刚开始俯视着我，不知道说什么好，我们对视了一会后，她也挨着我坐下，将整个身体的重量倾在我肩膀上。

"对不起。"她开口。

"干嘛说这个……"我被她突如其来的道歉吓了一跳。

"我不该拉你来的……我其实没想过你真会来……"她此刻说话带一点自责的哭腔，"你为什么要来啊，你本来可以在家过生日的。"

"我想来……所以就来了，"我也将身子倾向她一些，"我很想做一次梦，算是一个礼物。"

"你有想过你要做什么梦吗？"

"没有，但我看书里面说，你最希望的事情，会在梦里发生。每个人在现实世界中都是微乎其微的，可是每个人都能当自己梦境的主宰。"

"主宰……我好像没有那么想当主宰。"

"那你想做什么样的梦？"

"我不知道，我希望梦见一个幸福的世界，在那里每个人都适得其所，每个人都快乐，那就很好。"

"那你也太善良了，我也许会在梦里欺负人。"

"得了吧，你不是能欺负人的人。"

迟湖

"你敢瞧不起我,第一个欺负的就是你,我要你在我梦里天天做噩梦。"

"噩梦,如果我们做的是噩梦可怎么办,如果是美梦,一直不醒来也没事,如果是噩梦的话可就……惨了……"

她好像在认真思考,语速却越来越慢,声音也越来越轻,轻得我快要听不清了。于是我聚精会神地听,我听见远处有潺潺的溪流声,我听见一片叶子骤然压到另一片叶子顶上,我还听见月亮认真地将光束从它身上抹到地面上,又被生长得越来越高的灌木挡下,没能如愿,我最后听见陈可的脑袋渐渐地落在我肩膀上。我闻到她头发的味道,是榛果仁混着楠木的香味,我的心在不停歇地敲鼓,我希望她不要听到。

陈可枕在我肩膀上睡着了,我提心吊胆着,不敢做任何动作,久而久之自己也困了。我的眼皮越来越重,物象却越发清晰,我见到树林在我面前闭合成天地未开的混沌,落叶被风鼓动成交错穿插的弧线,零星的影子回拢成一块漆黑,所有事物都显现出完整性,那个稻草人就显得格外不合群。

那个稻草人带着草帽子,高领子挡住半块下巴,身体很直,手里好像还拿着鞭子。这些信息不是同时进入我脑海中的,是一条一条联翩而至的,两条信息之间多少有些间隙，稻草人的身影在我眼中就像明灭的火光。在某一刻，我总算反应过来，它正向我们靠近，这才使我看得越发清楚，这肯定不是个稻草人，而是人类或者会穿衣服的猴子猩猩。并且他选择谨慎地走近，是为了更好地观察我们。我脑海中闪过一万个念头对他的身份进行推测，合理的就那么几个，在深夜的山林出没的，要么是对我们无端的闯入不满的执法者，要么是乐于向我们问好的强盗，抑或是发现了我们离家出走而赶到此处来的追兵。总之哪个都算不上好。

我轻轻摇醒陈可，示意她看。她好像比我机敏，一眼就发现那并非静态的稻草人，并且呜哇地大喊了一声。

我连忙伸手捂住她的嘴，但为时已晚，他在听到陈可的喊叫后，停顿了一会，随即向我们快步走来。我见状，早已将魂吓丢了，站起身来拉着陈可就往外跑。陈可被我拉着，脑袋还向着后方，我叫她看看前面的路，别撞树上了。

"包，包！"

"什么？"

"我们的包，还放在地上！"

我这才想起来那只黄色的布包，先不说我将它背了一路，已产生了感情，即便是没有，它也是我们入梦成功与

迟湖

否的关键。我们的脚步慢下来，最后竟慢成了负值，鼓起勇气往回走了许多步。

我们匍匐在一棵树背上，观察前方的人。他的样貌与我方才看到的差不离，现在他快将火生起来了，能看得更清楚，他的胡须已经全白，想必有个六十岁，好像过了法定的退休年龄，我在刚刚对他的推测里划除了两样可能性，隐约想要接近他，却怕他是个退休赚外快的绿野老强盗。

我们的包就放在他腿边，没有被打开，这让我对他增添了不少好感。陈可有些耐不住，用拳头敲击着我的后背，示意我想办法把包夺回。我本就在烦恼，这让我更不耐烦，便也将拳头往后捶了一下。她被我惹怒，我们拳头越挥越重，脚下也纷纷移换着位置，顿时手掌破风声、两拳相击声、脚踩干落叶的脆声齐发，我们斗到酣畅处，全然不知。直到一声沉重沙哑的声音隔着层层叶子传来：

"过来玩吧，我对你们没兴趣。"

我们被吓出两头冷汗，各自在心中痛骂自己玩心太重，暴露了行踪。一时不知怎样好，用眼神交流了一番，好像又十分不到位，得不出个确切意见来。最后还是陈可一咬牙说，走就走，拉着我去了。

我们走到他身边的时候，他的火刚冒芽，伴着几簇黑烟升起来。他怕将我们呛着，伸手来拉了我们到背风口。我们坐下，陈可伸手将布包拉到自己身旁，再迅速提到自己腿上放好，露出浅浅的笑来。一时无话，还是他先开的口。

"在森林里生火，一定要划出一条隔火线来。"他伸出腿，用脚尖指指地上的一个土圈圈。

"我们不打算生火，我们很快就走。"陈可说。

"从这里要一直往北走。"他说。

"什么？"我说。

"你们要去找那颗陨石的话，从这里一直往北走就能出森林，森林外面是一片大平原，你们能直接看到陨石。"他说。

"你怎么知道我们要去找美梦星。"陈可朝他发问。

"我在这里待太久了，来这里的人都是去找那玩意。"他说完，向火堆挥舞了两下他的鞭子，我注意到这是一柄牧鞭。

"是牧鞭吗……你手上拿的这个。"我朝他发问。

"牧羊必须要用，不然你的羊就会走丢，羊很胆小，只要你拿着鞭子，它们就不敢乱跑。"

听他说完，我向四周张望一圈，哪见有羊。想要问他羊群的去处，可想到他身上还有种种谜团，便不敢开口了。

"你羊呢?"陈可替我发问。

"我的羊睡着了。"牧羊人说。

"睡着了?"我说。

"是睡着了,有一天我将它们赶到平原上,闭着眼睛休息了一会,它们就在大陨石上睡着了,"牧羊人抬头望树顶,叹了一口气,"我看着它们一只只瘦下来,花了五天,中间给它们一只只剪毛,只花了两天,最后将它们分别埋葬,一天时间就完成了。"

我被牧羊人带到一种悲伤的境地中,看着无法进食的羊群在睡梦中死去,就像是看一场加速播放的花卉凋零纪录片,你能看到一丝一缕的生命力逐步从它们身上被抽离出去,蒸腾到天上,白茫茫的一片,仿佛凝聚成一只造物的手。

扭头看陈可,她的眼里已是泪水汪汪了,想来她比我还要感性。怎知她问:

"你怎么不吃掉它们。"

"吃?"牧羊人怔了一下,我担心他要发怒,还好随即他又捋捋胡子笑了起来,"小姑娘,不能吃,要是吃掉了它们,我就不再是牧羊人了。"

"那你现在还是牧羊人吗?"我感到不解。

"是啊,只要我在牧羊的这件事还没结束,我就永远是牧羊人。"

他站起身来,朝着黑暗的林中虚指,牧鞭向地面抽打了几下,也许是因为在夜晚,不敢高声呼叫,不然我觉得他一定会唱一首属于牧羊人的调子。我仿佛听到了羊群纷乱的蹄声,它们听到了呼唤,连忙舍弃嘴中未嚼碎的野草,从四面八方奔涌过来。它们中间洁白的占大多数,汇聚在一起的时候就像一片云,牧羊人被簇拥在白云中间,伸出手指一只只清点数目,仿佛站在云层上,像是希腊神话中呼唤雷电的宙斯。其中有间杂的几只灰色的羊,就是他的雨云。

我大致能理解他所说的话,却不敢往深处想,想多了便头痛。某些时候我们的身份先于事实而存在,我想只要他仍在牧羊,那便一直可以是牧羊人,这与他是否拥有羊没有太大关系。当然,有是最好的。

陈可凑到我耳边说,老牧羊人在他的羊儿们纷纷睡着之后,好像也做了一个漫长的梦,一直到现在。问我,不知道是这样的梦更能使人快乐,还是美梦星的梦更能使人快乐呢?

我对她摇摇头表示不知,打了个哈欠,什么也不要想了,环抱着双腿发呆。

迟湖

火烧得更旺了。牧羊人说，今晚他就在此处休息，不能再往前了，如果接近平原，免不得要受到那块破烂陨石的干扰，要是陷入梦中那可就惨了。想到此处他问我们：

"你们该不会是去做梦的吧？"又补充一句，"你们还年轻，比梦美妙的事多得很，没必要自寻短见。"

"我们只是去看看……等太阳升起的时候，我们会好好回来的。"陈可对他说，说完就回头朝我吐吐舌头。

"好吧，要是你们在那睡着了，我可不会像埋我的羊那样埋你们。"牧羊人说。

我们想到，也是时候离去了，向他问明了方向后便站起身来要走。牧羊人抬手指着北方的去向，却迟迟不放下。我隐约感觉他还有话要说，便朝他的眼睛望，他也抬眼望着我。一会，他好似下定了决心，从胸前的口袋里掏出一个指北针，递给我们，说：

"拿着这个，一直往北走，不要迷路，"后面的一句似乎对他来说更难以启齿，最终还是说了，"作为交换，你们要醒着出来，我不能活得比你们长，等我死了，你们要替我在我的羊群中间立碑。"

我们愣了一下，他又交待了一些：

"我的羊群就在平原上，离陨石不远，是一堆大大小小的石块。环保政策越来越紧张，我死后会有人将我收走，我无法葬在那中间……"

"你们要替我立碑，在那中间立碑，碑文上面就写……"

"永盛，在此牧羊。"

我仍在犹豫，陈可已走上前去接过指北针，看了一眼，大步往北去了。我正要去追，经过牧羊人身边时，他递给我一张纸条，让我最好不要告诉小姑娘。我不明所以，但还是点点头。二十分钟后我们走出了森林，外面的星夜闪烁得比我们初来时兴起，星星浮动着白光，久看却成了紫色。我与陈可看了一阵就往前走，我背的包，陈可因此轻松走在前头，我就着星光看了一眼纸条上的内容，标题是"牧羊的规则"：

第一，不要忘记羊的名字，只要你记住名字，它就一直在。

第二，不要交出你的牧鞭，除非你想。

第三，替你的羊群找一个证人。

四

果真，走到平原上，就能看到美梦星。

美梦星与书上的长相并不相同，看上去是黄色的，表面布满凹坑，就像一只小型的月亮。稍微一瞥，比书上画的要不规则许多。陈可对我说，这颗星星遗留在地球已经两百多年，受了许多风蚀，而且它砸下时形成的深坑使得它受到侵蚀的部分并不相等。她推测，再过数千年，这颗星星会变成一座金字塔。

是吗，我喃喃自语，眯起半只眼睛来仔细观望：我看见美梦星的周围印满向四周扩散的涟漪，由黄至绿，逐步加深，像是不可视的磁场在夜间偷偷开放的具象，想必美梦星偷学了海棠花的习性。黄绿交接之处，有几只夜行的动物正在觅食，像是鼹鼠一类，它们采集着花草的种子，肆意地填满口腹，直到有更大的动物到来，将它们吓回到巢穴中。

我和陈可走到美梦星旁边，途中已经经过了牧羊人的羊群。

路过那堆碎石块时，我对陈可说，要不要跪下拜拜，祈求绵羊之神保佑我们入梦顺利。陈可白了我一眼，说我迷信，又说，你怎么就知道是绵羊了。我说，你没认真听牧羊人的话，他说了要给羊剪毛，那肯定就是绵羊。陈可说，笨蛋，山羊就没有毛了吗。我说，你才是笨蛋，山羊即便有毛也不需要剪……

我们嘴碎了一阵，叫骂声在靠近美梦星的过程中逐步降低至零。我们的呼吸声都小了，我们知道这块大石头对于彼此的意义，我们趋于美梦星就像朝圣，像石头沉入岩层，也像雨滴落回大海。

走过那条黄绿分叉的交界线，陈可激动地跑起来，三两下就抓住美梦星表面的凹坑爬上顶端，走近了看才发现，美梦星的表层原来是浅灰色的岩石，确实与书上的画相同。刚才隔着距离远望时，它身上的浅黄色是月亮的光，将它误认成小型月亮，只怕是踏进了月亮的陷阱。

我背着包，肩上的力气早被消磨掉了，想学着陈可的样子往上爬，往上爬了两三次，都爬不上去。我以为她又要笑话我，谁知道她竟伸出一只手来拉我，我心中一暖，握住她的手，再次发力，还是爬不上。

"笨蛋，我是叫你把包给我。"

我会意，将包递给她，卸下了重负的我感觉到一股年轻的欢乐在心底跳跃，伸手一攀就跃上了星星顶。我在她旁边坐下，有阵凉风吹袭而过，她朝我这侧靠了一些。

我见她打开布包，一件件地将里面的物什围着我们身边摆放，我看她掏出了各种奇怪的无用玩意，才知道我这一路背得有多冤枉。

"你还真带了枕头啊。"我说。

"那不然呢？你要到下面去捡两百年前的古人用过的来用吗？"她气鼓鼓的。

迟湖

"是有道理，但为什么只有一个？"我在包包里翻找。

"你自己不带，关我什么事。"她抱住仅有的一个枕头。

"那这本书是干什么用的。"我拿出一本书名叫《睡眠三十问》的书。

"你睡前都不读书的吗？"她一把夺过。

"那台灯呢？"我拿出一个台灯。

"你读书不用台灯的吗？"她夺过放在腿边点亮。

我一时语塞，径直躺下，不再说话。陈可最后将入梦的装置取出来，组装好，点亮电机，我听见马达里线圈组嗡嗡转动的声音。她将头戴设备套到我脖子上，绕了一圈，我感觉我的各种穴位有被电流穿过的酥麻感。我沉浸在电流与意识的对抗中，听到旁边细细簌簌翻书页的声音，没想到她真的在读那本书。我让她给我念两页，她一字轻一字重地念起来，似乎有意不让我入睡。我反倒在这种怪腔调中找到了朦胧的睡意，眼前的事物变得模糊不清。

在我就要睡着的前一秒，陈可将半只枕头塞到我的脑袋下，随后也睡下来，贴着我的耳朵，对我说了一句话。我最后的印象停留在她摩挲枕头的沙沙声，至于那句话是什么，我一点也记不得了。

我和陈可就这样入睡，虽说是夏天，夜深至此，倒也还有几分凉意，我们朝美梦星顶部的中心缩了一下身子，所有动静停息在这。底下有耳朵灵敏的鼹鼠，重新钻出洞穴，正在啃食某种花草的根部。

五

我回到单位的小隔间坐下，细数了五秒，所有隔间同时爆发出砰砰的礼花的声响，我装作惊喜和欢乐迎出去，在想是否还要挤出两滴感动的热泪来。

我知道他们在祝我生日快乐，其实是早就知道了，自我二十一岁进这个单位起，每年生日他们都会用同样的方式庆祝，到现在已经是第四次了。况且不仅是我的生日，无论谁的生日都是这样，也就是说，相同的一个人先要用相同的一种花样去让别人惊喜，随后还要假装被这种相同的花样惊喜到，这种不断重复的历史让人感到可怜和安心。

其实不奇怪，由于职业病所限，我们这帮人也只能想到这一种办法，故我乐于接受。

我在单位的工作是写作，我们整个单位的工作都是写作。我们的写作在这个年代不能被称为写作，只能被称作编纂历史，这么说来我不仅是个作家，还是一位历史学家，在以前的人的观念里这简直不可理喻，但现在就是这样子的。

我敢担保，我们现在不能被称为写作的写作比以往所有写作都要接近写作本身，我们编纂的历史与所谓的历史已经没有任何联系。

在我十七岁那年，学校取消了历史学科，这不算是一件大事情。因为早从不知道哪一天开始，人们就接受了不需要历史的观念，每一天都是全新的一切，而每一天又都是单调乏味的前一天的重复与循环，在"今天"的意义都需要被反复提出才能被记住的时代，"昨天"自然毫无意义。到了第二天，人们就把取消历史的这一天给忘了。

再过了两年，人类进行了最后一次世界大战，大部分武器被融进烧红的熔炉，变成滚烫的铁水在和平的新模具里奔流，更大的部分已经融进了人类的身体，随着他们入葬而永葆青春。我们已经忘记了这是第几次世界大战，但确切地知道这是最后一次。这"最后一次"的说法的合理性要从哪里寻找，变成人类每日思索的终极难题：我们既不能从后面找，因为要是从后面印证，那就相当于承认了"最后一次"是基于"未来一次"而存在的，那么永远有未来，"未来一次"才是"最后一次"；我们也不能从前面找，我们早没有了历史。

因而这个年代急需历史，或是一种可以取代历史的事物，大规模的历史学家受聘编撰历史，并非历史学家的人也在受聘后成为历史学家，这个时代就是这样的。我本来考上了一个不错的大学，因为与量子工程学实操课老师闹了不愉快，也进到单位当历史学家去了。

我入职的第一天，向隔壁工作间的同事请教，我们的工作到底是干什么。他很热心，告诉我，我们的工作很简单，只需要一直写，想到什么就写什么，你只要将它写出来，它就成为了历史，最终被印刷到史书上。后来我知道，这历史甚至不需要年份，你只需要将细节描绘得足够清晰，能让读者相信这件事情确实在某一天发生过，那就可以。因此我说，我的工作比所有写作都更接近写作，可我却是个编纂历史的历史学家，这件事足够奇怪。

对此我还有些要申辩的，我们的历史编纂纯粹出于一种科学的态度，就像以前的人预测我们这个时代的人会因为过度接触电子荧幕，进化出六只眼睛来。这说明我们和过去之间存在着相互不理解，我们基于这种不理解的合理性，把过去的人写成拥有十八条腿，编到史书中间。我们做的一切都有依据，在这一点上，过去的人和现在的人没有任何区别。

简短地过完了生日，我坐回隔间里准备继续开始写我

迟湖

的历史。我工作了快四年，每一天都在写同一件事，我不停地写，不停地描述那一天，不停地在我的描述上添砖加瓦，我负责的史书越来越厚，最后竟厚得连十余个成年男性也无法合抱，但我从不删改，出于我对历史负责的态度——历史是绝不允许删改的。我工作很认真，从早上坐到下午，顺利时能写下几万字。有关那件事我越写越多，错误和偏差也被我一层一层地垒起来，我将那天见到的鸟儿描述了不下十万遍，因而它有时是燕子，有时却是大雁；有时候是灰色，在别的桥段中它又变成白色，到最后连我自己也无法辨别。我只能又添上一句澄清的话：可见我在当天见到的鸟儿不止一只，颜色自然也不止一种。

我在写十五岁那年去寻找美梦星的那件事。我反复地写，美梦星躺在那里，带着历史性和纯粹的悲壮，被我找到了无数次。有很多次，当我找到它时，我躺在上面进入了梦乡，在更多时候，我单纯地躺在上面，无梦地睡了一觉，就起床回家了。我逐渐分不清哪一样才是事实，事实上他们都是事实。我的历史是昏庸的骗子，我是它聪明的受害者。

只是有一件事无论写多少次都没有偏差，我肯定它千真万确：在我寻找到美梦星后，无论我有没有做梦，我都从美梦星顶上醒来，坐早上的第一班车回家去了。当时太阳从我的睫毛上升起来，整个世界好像就只有它能够活动，安静得诡异，鸟没有叫，我总觉得缺了些什么，我有点孤独，便一个人回家去了。

如果非要在我的历史中选出一个非要让人相信的部分，我希望是这一段，因为我本身就对它坚信不疑。

此刻我坐在桌前，双手撑在下巴上，有时还要腾出一只手来挠挠后脑勺，显出一副我正在思考的样子来，其实我什么都没有想。最近我遇到了一些麻烦，我什么也写不出来了。我认为我的历史足够完善，却也相当匮乏。我想要使它完整，但是无论从哪里动笔，都只能使原本就在那里的窟窿更加明显。

我偷偷探出头去，询问我身边那位热心的前辈。告诉他我现在的困境后，他说，你需要写下一个女生，与你一起去寻找美梦星，她很漂亮，也很温柔，有着一头金色的长发，你很喜欢她，你们在美梦星前坠入爱河。因此你们两个都没有睡着，没有进入无穷的梦境，第二天你们一起回家。

我对他说，可我确实是一个人去的，也是一个人回的家，我无法写出这样的一个女生，因为我根本没有见过她。

他说，你应该写，你应该像写你的鸟一样写她，她可以是你见过的任何一个女生，也可以是她们的总和。你要知道，这样的历史才会畅销。

我接纳了他的意见，但仍是不知道我应该怎样写那个女生。我坐在桌子前一整天，直到下班，我不想将她写成我认识的某个女生，也不想将她们拼凑成她，我觉得要是我开始写，她就应该是真实存在的，独一无二的。

我想我应该到某处寻找她，刚下班我就动身了。我先去了我的初中母校，我记忆中有一个夏天的下午，我跟一个女孩在这里的某条走廊上奔跑，开始在是一条走廊，后来我们跑过了这里所有的走廊，我觉得这很美好，却已经记不清那个女孩了。我不常想起这件事情，只有某些时刻，它才会主动地从我记忆深处里冒出来。这件事情仿佛过于久远，而且失去了中心，边缘的一切也在逐步被消解，是一种由中间到四周的腐败。我沿着走廊走了许多遍，可是这对我的记忆毫无帮助，我开始思索这份记忆是否正确。通常说，记忆是会骗人的，只要接受了这个观点，很多你脑海中没有来由、不知所踪的观念都会变得合理。

我将那个女孩与夏天的下午的事情置之脑后，然后去了游乐场、酒吧和图书馆，以及一切我有机会遇到一个可爱温柔的女生的地方。我极大程度地发挥想象，让那些中子、质子和元素在我身旁构成无数个实际却虚伪的影子，它们变化着，不断更换排列组合，但始终没有达到我想要的。我的潜意识中有一道合理性的闸门，各种要素都会在那里经受严格的核验，最终达成我喜欢的女生的全部标准，超过标准的，即是不合理。我想我会喜欢一个聪明的女生，她留短发，眉毛中间有一道断裂的痕迹；她有自己的想法，从不受任何人支配；她好像不爱做实验，理由应该是她认为实验必须庄重，而自己的准备永远不够充分……

我能说出无数个要素，就是无法将它们组织成一个有效的实体，它们在我意识中一碰就散。仿佛是我想象的尽头已有一个对象将位置抢占了，我无法再幻想出另一个对象。我去了有机会遇到喜欢的女生的所有地方，仍然一无所获。

我很绝望，我可能再也没有机会写出那个我喜欢的美丽聪明的女孩了，我甚至会因此丢掉我的工作。我一想到我再也无法作为一个历史学家而写作，我就难过得想要大哭一场。

我提笔写了一封很长的辞职信，我在其中讲述了我孜孜不倦编写历史的事、我再也不能编写历史的事以及那个模糊而理应存在于我记忆中的女孩的事，我对我的文笔很

迟湖

满意，想要以此保留一些我作为历史学家的尊严。

合上笔盖之后，我走到常去的一个天台，熟练地用回形针挑开门把上挂着的铁锁，打开门钻进去。

我从十五岁开始就喜欢到这里来，只要打开那扇门，一个本是被折叠着的深蓝色世界就会在我眼前展开。在这里，眼睛取代了其他所有的感官，我用眼睛看星星闪烁，用眼睛听晚风在夜空中奏响的弧线的旋律，用眼睛触摸隔开人类与星际的流云的温度，我的视野甚至代替了我的所有思考。

只要烦闷，我就会到这里来。这里的事物没有被附加定义，任何东西都只是它自己，虫子并不比草木高贵，人类也不比星星重要。我每每在这里忘记自己，忘记世界上的所有关系，这里的月亮会结出又大又红的灯笼果，这里的星辰可以让我兜进口袋中。除了我不会再有别人闯入，我是这里的主宰，这里的整个世界都是我为了清醒而做的梦。

"做梦……梦？"

我搬来一张废旧的椅子，坐在上面喃喃自语。我甩动手臂，似乎想要抓住因某种条件反射引发的惯性。一股莫名的烦闷感浸灌至头顶，我明明没有跟任何人提及过这个天台，可是偏偏有一段古怪的记忆钳制着我的思维，想要将横生的枝节嵌入我的经历中，使我想抛弃它而不能，要抓却抓不住。

一股执念告诉我，我确切地在此和某个人谈论过做梦的事情，我记得我说过的每一句话，也记得对方的回答，甚至连对方说话时的语调都记得真切，可就是无法勾勒出对方的形象来。这件事让我感到厌烦和畏惧。

在这个瞬间，我发现这个世界并非唯我独享，有其他人曾经或正在参与，我失去了这个世界，失去了一个用以保存自我核心的贮藏室，因而我失去了自己。如果没有自己，那么一切不再成立，我一直在书写的历史是破碎的幻梦的组合，时间是不流动的线段，空间是为收容这些时间线段而创造出来的无奈之举，世界没有意义。在一切的最后，我甚至失去了这个瞬间。

我感到绝望，脑海混沌得快要炸裂开来。我再搬来一张椅子，踩着踏上了天台的围栏，我想在混沌之中，制造一场灾祸来开创中心；也想要消灭自己，让时间与空间在我的存在中实现统一；我想什么都不要想，自上而下地解决一切烦恼。

我就要迈开脚步，尽管我的双腿不停地颤抖。此刻我头重脚轻，下半身飘忽得像朝着地心飘浮的气球，在我终于下定决心向前移动时，脑袋却向右偏转了一些。这直接

迟湖

导致了我身体平衡的溃散，我像一只年迈的陀螺，顺着右偏的脑袋顺时针地转起圈来，最后一个站不稳，摔回到天台上。

躺在天台的地面上，我看见那两张椅子的摆放：它们正对着，一张是我刚刚搬来的，另外一张倒放着，不知道来自哪一个时空。我肯定它在不久前被某个人坐过，那个人跟我关系不浅。我鼓起一口气爬起来，走到椅子前，伸手去触碰那张椅子。怎知那张椅子在与我的手接触的瞬间，就化成了白色的烟雾散开。我不敢相信眼前发生的一切，判定自己是被刚刚那一下摔成了脑震荡，产生了幻觉。等我伸手揉揉眼睛，那团白色的烟雾已铺到了地板上，划出了一根不知道通往何处的直线。我没有细想，就跟着白线走，白线带我下了楼，又引我穿过几栋教学楼，走出学校大门。

我感觉此刻的脑海清明无比，却无法思考白线以外的任何东西，我的视线只能停留在它身上，望着它，主动地被它牵引，仿佛它就是世间一切事物的答案，也是所有问题的开始。我随着它一路走，已然忘记了时间，我走过许许多多熟悉的街道而不知，路上还有几个跟我问好的熟人，我也腾不出念头去回应。最后，我在我十五岁时居住的旧屋前停下来，白线依旧引我向前，我径直走，不必看白线，自己已有了方向。

我在这个家里居住到十五岁，就在我去寻找美梦星的夜晚之后，我们举家搬迁。母亲早已对这栋房子不满，晴天没有阳光，阴天湿冷，只要下雨，墙壁上便一束一束地渗出水来。母亲借题发挥，对父亲说，你看这破房子，一点阳光都没有，说了多少次叫你搬，你不舍得，现在可好，把你儿子弄得神神叨叨的，还要去看什么美梦星，还好没发生什么大事，要不然有你后悔的。父亲忙点头应允，说没事就好，没事就好。于是没过多久就搬了，房子本身和家什都没来得及变卖。

我走到门前，从口袋中掏出钥匙来开门，锁芯有些年份了，插入钥匙时遇到些阻力，还好仍能转动。我往前走，拐过客厅和厨房，走进了自己的房间。我的房间自然没有变化，不过是多了些灰尘，我走到床头柜前，拉出第二个抽屉，翻找一本浅蓝色的日记本。日记本上清楚地写着我去看美梦星的所有过程，我又翻看了一遍，跟我工作后的几年来翻看的无数遍一样。日记本上写的关于这件事的最后一句是：我一个人去看美梦星，这件事就是这样的。

我心中明朗，告诉自己，我要看的并非是这个。我打开日记本的夹层，取出一张折叠过三次的纸条来。纸条的标题是牧羊的规则。

对着读了几遍，没有思路，却逼得人往深处忖想。想到这里，再看白线，它已从我的床上穿过，拐了个弯，出门去了。我知道它要带我去找那位牧羊人。

下了车，我又再度站在了那个叫作荒樵的站牌前。

放眼望去，这里和十年前我来寻找美梦星的晚上没有任何区别，也许树林更密了些，落叶堆更厚了些，只是我看不出来。那条被行人踩踏而成的小径还隐约可见，想起上一次来这里时我在树林里迷了路，还是那位老牧羊人解救了我。这次我依旧没有指北针，我随着脚下的白线一直走，相信它的尽头是某个我必须到达的地方，所以不担心。

我走了二十分钟，林间的树木越来越高，我已经到达了树林的深处，这是我在这十年中学到的，森林中间的树木要想存活，就得攀着其他树木的枝叶往上长，长得慢的就无法接触阳光。想到以前走到此处的时间应该要花去更多，一个是这次少走了弯路，另外一个是长大成人，步伐大了一些。隐约觉得还有个另外的原因，可是想不出来。

我见到了白线的终点，它的末端是一个小巧的箭头，散布着鹅黄色的光晕。箭头指着一只纯白色的山羊，正低头吃草，我走到它身侧的时候，它才抬头看我一眼，随即又继续吃草。我走到了箭头的顶端，踩到那个点上时，它便消散了，我看见它重新汇聚成一团白雾，又像一只放气的气球，向上窜飞了一些，最终落成雨滴，均匀地洒在地面上。

我想要伸手去抚摸山羊角，一根牧鞭向我面前的地面抽来，炸雷似的响了一声，还没反应过来，山羊已经拔腿跑了，我的冷颤先发后至。回头看，牧羊人站在我身后，他似乎老了一些，但神态依旧：

"不能碰山羊的角，它会不顾一切地撞你。"

我本来对他生出点畏意来，在明晰他是为了在羊角下保护我之后，便主动朝他接近了几步。

"你还记得我吗？"我虽是问他，但却是准备自报家门的。

"如果你是以前那个想要来找美梦星的家伙，我就记得，"他说得比我要快，"如果不是的话，就不记得。"

我朝他点点头，他会意，领我到他今晚的住处去。我们走了接近十分钟，中间一句话都没有说。

我们首先看到篝火，很细小的一堆，比他上一次生的那堆要收敛许多，浑浊的火焰节制地向上翻飞，将四周映出一圈橙色，由中间到四周变淡。随着橙色的光晕看去，四周原来匍匐着颜色不一的山羊，白色的居多，黑色和灰色的也有几只，它们簇拥在一起，就像一朵规则的云落到地面，不时有一两只立起来再俯下，又像一片奇形怪状的浪，很是好看。

牧羊人带我攥开羊群，荡出一条路来走到中间的火堆旁坐下。他从火堆上取下水壶，倒出来一杯烫水递给我，我接过，一时无法入口，就找些话同他说：

"你又买了新的羊吗？"

"我从不买羊，羊会生小羊，小羊会长大，然后再生小羊。"他自豪地抬抬胡子。

"可是……你之前的羊……"我感觉有些奇怪，"不是都睡着了吗？"

"什么睡着？"他也诧异，"羊也是要睡觉的啊，睡着了第二天就会醒来。"

"不是，我是说，它们在美梦星上睡着，"我说，"后来你还给它们立了碑……就是一些大小不一的石块，在平原上面。"

"我从来不让我的羊接近美梦星，要是在那上面睡着就惨了。"他说。

我们沉默了一阵，各自思考着这件事之中古怪的地方。我说，我说的都是真实的，从我的记忆中原封不动地摘取出来的。他说，我相信你，也许我们的记忆有偏差。

他向我叙述了那晚的记忆，据他所说，他一个人住在这种荒郊野岭，能遇到的人本就是少数，因而将十年前的事情记得清楚也不奇怪。那一晚，他要将羊群赶到远离美梦星的地方，他已经很困了，见到我一个人在树林中迷路，就跟我说了一些话，引我到正确的路上，还送给我一个指北针。

我说，除了羊群的事情，你说的和我记得的没差，但你忘了一件事情。我掏出那张他给我的纸条来，给他看，他伸手接过去，对着火堆看了许久，然后开口：

"这不是一张白纸吗？"

我惊呆了，对着他的脸看，直到确定他没有在开玩笑，我才从他手中取回纸条，上面的字迹清晰可见，在这层火光上，仿佛比十年前更要明确。我试着将纸条上的文字向他念出来，可是他说我的声音就像在水底传出来的一样，含糊不清。

我想了许多办法向他吐露，好像都没有成效。我从焦急逐渐转向失望，最后将纸条摊在腿上，什么也不想了。

"或许，这张纸条上的东西只属于你。"他开口。

"什么意思？"我没能理解。

"我是说，它不属于这里，也许它来自别的地方，"他说，"而且它来自于你，你不属于这里。"

迟湖

"那我属于哪里？"

"你要自己找答案。"

"从哪里找？"

"你不是已经收到提示了吗？"

他说完，指指我的纸条。我觉得那片记忆的阴霾又重新在我的脑海中聚拢，甚至要蔓延到我的脖颈，要将我勒得窒息。

他拍拍我的肩膀，示意我回到纸条上。我缓过一口气来，再度研究那纸条上面的字眼：

"第一，不要忘记羊的名字，只要你记住名字，它就一直在。"

我现在没有羊，要是我需要一只羊的话，我首先要知道它的名字。我知道我现在需要的并不是羊，我现在需要一个我苦苦追寻的、存在于我记忆中却化为泡影的女孩的名字。首先要记起来她的姓氏，百家姓不止一百个，我只能背到赵钱孙李，况且她还可能有一个约翰逊或者玛丽莲一类的姓氏，这太难了。要是先从名入手呢，好像也是一样的，我想不到。

我心中模糊地存在着一个她名字的轮廓，这就可以了。

"第二，不要交出你的牧鞭，除非你想。"

我觉得牧鞭或许是指代对某种事物的掌控权,毕竟我好像生来就没有想要挥舞鞭子的念头,我看向牧羊人的鞭子,那是一节节的铁环串成的,我不一定提得动。那么,什么是我的牧鞭呢?

我想到以前看过的一本书,书里面写,你最希望的事情,会在梦里发生。每个人在现实世界中都是微乎其微的,可是每个人都能当自己梦境的主宰。

我对这本书中的内容深信不疑,这本书的成书年代久远,那是一个还没衍生出我们现在的这种历史的时代。

如果我能到梦里去多好,那样可能所有问题都能得到解决。可是,我们现在已经没有梦了啊。

我拿起水杯喝了一口,天上没有打雷,我却好似被闪电击中了。

"第三,替你的羊群找一个证人。"

那道闪电准确地贯穿了我,此刻正裹着我的思绪流动。将意识沉下去一些时,我感受到一阵酥麻攒动着,仿佛这个身体里的所有电子都指向同一个方向,那个具有磁力的方向。抬头往北,我透过叶片和石堆看到了它。

我找到我的证人了——美梦星。

我猛然站起身来,势头之强劲,连身旁的牧羊人也被吓了一跳。水杯中的水跳跃出来,像一条游鱼,逆着湍流

迟湖

腾飞出杯面，落到篝火中，化成轻飘飘的气体。我此刻的思绪也像这股气体一般飘渺自在了。

我向牧羊人道明，我要去找美梦星。他应该知道我要干什么，也知道我纯粹出于冲动，便没有劝阻我。

牧羊人将我送出他的羊群，给我指明了到美梦星去的道路。我道了谢，向他招手要走，心里生出几分依依惜别来，想起一件事问他：

"以前你对我说的，要我替你立碑，如今我在平原上找不到你的那些石头羊群了，之后该把它立在哪？"

"立碑，什么立碑？"他乐得胡子直竖起来，"我不用立碑，我的羊会生小羊，小羊会长大，然后再生小羊……我的羊会遍地开花，我的羊就是我的碑。"

我朝着牧羊人所指的方向一直走，走到美梦星旁，黄绿交接的地方时，月亮正好升到顶端。

我向美梦星顶上攀爬，似乎比上一次来的时候要轻松不少。也许是风蚀的原因，美梦星的表面变得更加粗糙，易于落脚。我莫名生出一种想法来，几千年后，这块陨石会变成金字塔吗？我不知道。

我听见跨过了平原之后的湖面上有小鹿就着夜色饮水，更遥远的山顶上有山狼哀嚎，近处是夜鹭结着伴鸣啼。这些都被风声作被铺卷了，融化流入我耳中。我安然睡下，也不管自己是否一睡不醒，肉身是否会化作肉食动物的餐食，意识最终飘向何处。我就这样坚定地睡下了。

像上次一样，我的意识逐渐流散。我感觉到它正向一个我能手持牧鞭成为主宰的世界汇聚。在半梦半醒中，似乎有一只手将我的脑袋抬起来，随后我枕在半只枕头上，又听见沙沙的摩挲枕面的声音，我记起了那句我记不起的话：

"你会去到一个属于我却没有我的，完美的梦中。"

我想起了我生命中仅有的空缺，我想起了我一直在追寻的人，我甚至想起了她和她的名字。

陈可，我想起了她。

六

我回到了我的梦中，回到了十五岁那年，我和陈可去寻找美梦星的那一天。

我在美梦星的顶端醒来，脑袋下垫着一只枕头，身边却空无一人。我拍了拍自己的脸，确定自己是在梦中，可是梦中的事物好像并不如我所愿。

太阳正从东方升起，刚好停在我的左眼皮上。我对着晨曦发了一会呆，回忆了昨晚做的长梦，整个事件的脉络逐渐清晰。原来陈可打从一开始就想要创造一个没有她自己的世界，这是她的一场人道主义的实验，我是她第一个实验品。

我承认陈可极度聪明，天知道她花了多长时间，在脑海中构筑了一个完美的世界，一块砖一片瓦地搭建了所有的细节，再将这艘完美世界的船塞到潜意识的玻璃瓶中。我回想起那些她对着窗外发呆的时刻，原来都是在给这座迷梦宫殿上色。作为建筑师，她与她的父母同样伟大。只是她的理想世界中并不包含她自己，她一定想不到，这点却成了我不能在那个梦中长久待下去的原因。

我站起身来，我要在我的梦中寻找她，我想念她。

从美梦星上跃下，我便向树林的方向跑去，在我的梦中，脚力并非难题，我越过了那些树丛，踏碎了一簇又一簇枯叶。我大口地喘息，让风灌满我的肺部，仿佛能够因此变得更加迅捷。我再没有这么坚定而信心十足的时刻了，我一路不停，跑到站台上，列车刚好到站，我上车坐下。

车厢内的时间难以消磨，我尝试像陈可一样编织自己的梦，但是失败了。可能是缺乏想象的才能，无论我如何将它理想化，将列车分解成一个个漂浮的分子，可它依旧具有自己的形体，无论我如何想象它在磁力轨道上飞驰，它的速度仍是不变。我的思维中有着某种唯物论的固定式，用陈可的话来说就是犟。

熬到列车到站，我穿过街道、人流、各种颜色和声音交织成的浪潮，我来到学校，那座天台前，门没有锁。

我欣喜若狂，想象当她见到我时会是怎么一副表情，那时我自己又是什么表情。我推开门走进去，看见那里摆放的两张椅子。

上面没有人，不仅仅是椅子上面没有人，天台上面也没有人。天台其实很小，转个圈就一览无余。这说明我的猜测又落了空，我看向天空，细细地落起一阵小雨。

我冒着雨去了许多地方，我们一同走过的所有街道，街道的所有小巷，小巷的所有角落，凡是我的梦能够对她开放的地方我都去过。起初我沉默地寻找，随后是大喊她的名字，每走过一个地方，我都要我的呼喊传到每一处缝隙。可我仍是找不到。

我最终回到了那座天台，蔫得像一只缩头乌龟。我到那张椅子上坐下，抬头看，有雨的天，天上一颗星也没有。我的绝望被漫天的苦雨点燃，我想要找个地方躲雨，或是说找个地方藏起我自己。我想到陈可藏背包的那个椅子堆，我要是佝偻着，就能躲到里面去。

我走到那座废椅山前，学着她的样子，由浅入深地搬

迟湖

动着椅子，开拓出一条通往山心的路来。我搬得有些累，可是就差最后一张了，我用两只手握住椅子腿，用力往左上方扯，可是椅子却纹丝不动，像是被万能胶粘牢了，更像是凭空生出了一股蛮力。我深吸一口气，拍拍手上的灰土，准备和这张椅子进行最后的搏斗。我再次将双手握上去，使出浑身气力，感觉椅子松动了一些，我心中一喜，打算继续发力，谁知椅子背后竟传来骂声：

"笨蛋，别扯这张，你扯这张要塌的。"

我的心一惊，手上的力卸了，还没来得及反应，一张椅子从另外一个方向倒飞出去，开出一扇门来。我顺着往里望，陈可坐着，眨巴着眼睛看我，面前摆着一个台灯，还有《睡眠三十问》。

我跟她面面相觑，没有人开口说话。我本来在心中准备了许多骂词，一见她的面，就全化在我喉咙底了。或许还有一些蕴含情愫的话，也不好意思说出口。

陈可意识到自己必须打破尴尬，清了清嗓子，对我说：

"你好！"

我不知该哭该笑，只是觉得她还是那副熟悉的样子，一股安定的感觉填满了我，我侧身走进那个狭窄的隧道。她见我没有回应，以为我想要进来与她打架，双手握拳举在胸前，又想到这是在我的梦中，我必然是占据优势的那方，便不再作抵抗，将手垂下来，表示任我宰割。

我到她身旁坐下，对她说：

"好累，我找了你好久。"

"有多久？"

"一整天，外加十年。"

她对我的说辞表示难以置信，我便从头与她解释。我说我刚开始在她的梦里找她，用一支不会断墨的笔，写了一部又一部没有她的历史，想要在历史的河水中寻找她游动时翻腾出的涟漪，可是一点作用都没有。后来我在我自己当中找她，从意识的深处找她，从我与世界关联的结点中找她，从老牧羊人的羊群中找她……

"最后你找到了吗？"她说。

"找到了。"我在她脑袋上敲了一下。

我们从椅子堡垒中钻出去，外面的雨已经停了，乌云一片片地分解和散开，露出背后黄色紫色的星光来。我们在天台上四处走动，想要找出观星的最佳位置。我们刻意去踩那些细雨遗留下来的水洼，不踩的时候它们就像一面面镜子，漫天的星体反映在其中，每一颗星圆滑透明，有说不出来的精致；当我们踩踏的时候，它们经历了一次由外到内的膨胀，爆裂出无限被复制的宇宙。我们就这样，见证了无数次大爆炸的回环。整一个晚上，我们什么都不想，有关梦和现实的事情早已被忘却，或是说杂糅在一块，从此密不可分了。

七

"所以说我们要怎么回去。"
"我不知道啊。"
"你明明说没事的，一定可以回去的。"
"我骗你的嘛，别这么小气，骗骗都不行。"

陈可说完，对我做了一个鬼脸，我气不过，跟她追打了一番。当我们坐在地面上，冷静下来思考时，才发现事情真没有那么简单。

陈可本来的预设是，让我在她建构的完美世界里过上幸福生活，也就忘记了要回到现实的事，而她可以一直躲在我梦中那个椅子城堡，直到我们在现实世界的身体被别人发现，将我们分开，我们之间通过入梦装置构成的联系就将断裂，就能回到属于自己的意识当中。我现在闯入了自己的梦，在我们之间横生了一道联系，即便我们不穿戴装置，也将陷在同一个梦中了。

"都怪你，我要被送进停星间了，我的大脑要被拿来当计算机了,都怪你!"她说出了哭腔。

"怎么就怪我,要不是你的破实验,我们至于这样吗!"我有些不服。

"我可没求着你来。"

"你求了!"

"我没求!"

我看再吵下去也不是办法,便向她服软,央求她想出一个好方案来。她点点头,表示应允,从此就坐到了天台的一角,不说话,也不做任何动作。

我不敢打扰她,每日只是下楼买些面包一类的事物,放到她身侧。我从没见过她进食,但每次只要我转身做其他事情,回头就能发现她身侧摆放着的空包装袋。我们就这样维持了好几日,没有说一句话。

直到第三天傍晚,她跳回到天台上,对我说:

"我想到办法了,只是几乎不能实现。"

"什么办法?"

"像我之前说的,我们的梦来自于一条电子的河,这条河的河水就是磁场。我们现在之所以能在你的梦中产生联系,是因为我通过切割了你的磁场,得到了你的电子,而你的电子又在我意识里构成了新的磁场,换句话说,就是我们之间的磁场产生了联系。"

迟湖

"有点不明白。"

"笨蛋,那么如果我们想要回到现实世界的话,是不是应该和现实世界的磁场产生联系。"

"现实世界也有磁场吗。"

"猪头,地球本身就是一个大磁铁。"

"那么我们怎么跟现实世界的磁场产生联系呢?"

"做梦。"

"做梦?"

"是的,我们要做一个跟现实世界一模一样的梦,我们要将现实世界在你的梦中具象化。这个工程量太大了,光靠你的脑子肯定是不行的。"

"那怎么办?"

"我们要让全世界的人一起做梦,让他们在你的意识里分别构建他们的意识,最后拼凑成一个整体……你知道曾经流行过的一种云计算机吗,就是这么一个原理。"

"大概明白了,那怎么才能让他们一起做梦呢?"

陈可被我问得烦了,一拳打在我脸上,还好是在梦中,不怎么痛。

"你就不能替我想想嘛,只知道问问问。"

"我没你聪明嘛。"

"只有一个办法,将美梦星送回到它本来的位置上。

这样才能让世界重新得到梦境。"

"可是，这也不能让东西半球的人同时进入梦乡啊，这边的睡着，那边的醒了，"我叹一口气，"再说了，怎么才能将它送到原来的位置上嘛。"

"所以我说几乎不可能实现嘛，"陈可白了我一眼，"但也不是绝对不行，如果你足够配合的话……"

通过陈可的眼神，我大概知道她想让我做些什么了。她希望我能够像她一样，在我的意识中建构出一个完全属于自己的梦境，完全受支配的世界，在那里，使唤全世界的人一同睡觉只是小儿科，我还可以轻易地将美梦星投掷到宇宙中，甚至能够加速地球的自转。在梦境中，一切都是可能的。

她对我能够提前理解她的想法感到满意，点了点头。

"那我应该怎么做。"

"听我的。"

"哪个方面。"

"当然是所有方面，笨蛋，"她威胁我，"还想不想回现实了？"

她向我伸出手，眼中露出一丝狡黠的笑意来。我不知道这是否会意味着我已上了她的当，就要与她签订下全方面的卖身契，也不知道我们是否真的可以回到现实。总之看到她的笑容盈盈地悬挂着，心中就莫名有一分希望被鼓动的浪潮推到眼前，再有一千一万种考虑也顾不得了。

我也伸出手去，握住她的手。她说，从今往后，你就是我的走狗了。我说，往后是多久。她说，笨蛋，当然是无限久。说完就拉着我跑起来，我不知道她要将我带到哪，只知道我们跑下了楼梯，跑过了走廊，出了学校还有漫长的街道，几家卖章鱼小丸子的小店，横穿市区的轨道，铁轨下方的隧洞……

我们追赶着一道落日的辉光跑动，四周流动着黏稠的霞光，漫过了我们的双腿，停下来仔细看时，上面浮动着鱼鳞状的波纹。在被这片融化的海淹没之前，我们跑了非常远。

八

我和陈可站在美梦星旁边。

月亮与太阳不时贴合在一起，又骤然分开，来回反复，像一个古旧的钟摆。

陈可对我的表现很满意，我现在已经能够随意控制恒星的动向了。

按她的话来说，我还是属于笨蛋的范畴，仅仅为了这一天，我们被困在这个梦境里有一千四百五十一天。

这里面每一天都是真实且清晰的。我们每天一起望着窗外发呆，在别人看来，我们已经成为了名副其实的怪人组合。在我们这里有不一样的说法：我们肩负着修补世界的使命，我们在脑海中绘制世界的所有部分，给每一朵花每一株草上色，给每一个人安排璀璨的梦境，给所有晚归的星星绘制航线。我们每天如此。

我们还经历了一次中考，我不出所料落榜，陈可考上了重点高中。

对此，陈可的评价是：笨蛋，你不会给自己出题目吗。

我不置可否，说反正是梦里，考不考得上都一样。

于是我们总算到了这一天，我们站在美梦星旁边，正要将它升上太空。

我递给陈可一把铲子，让她跟我一同朝底下挖，挖了大半天，露出来一个红色的按钮。我说，底下是发送卫星的火箭，按下这个按钮，美梦星就能回家，我们也能回家了。

陈可一边朝我龇牙咧嘴，说你为什么就不能构思个更先进的设计，一边重重地朝按钮踩了一脚。

我们退到一旁，火箭载着美梦星升空，很快就变成一

迟湖

颗不太明亮的纤尘,最后完全消失在视野中了。

陈可递给我一个枕头,我们分别躺下。我闭上眼睛,柔和的风像夜间的潮水,漫涨上来,浸没了我。

九

我醒来的时候正是太阳初升,月亮没有完全褪去,西边的角落能看到一丝弧光。

日月交接不暇之际,一层晨露洗上来,我打了一个喷嚏。旁边陈可早已坐直了等着看日出,听到我有了动静,便转头看我。

我与她对视,见到她细长泛黑的头发在晨曦中反着一层金光,再外一层裹着柔白色的月。我想起我在梦中一直追寻的金色头发的女孩。

"我好像做了一个很长的梦。"我说。

"我也是。"她一边说,一边纵身跃下了美梦星。

"我们做的会是同一个梦吗?"我不敢确定,追到她身边。

"当然不是,我可不愿意梦到你。"

"真不是吗?"

"真不是,我梦到了我坐在一座雪山上吃冰淇淋,和我的外公外婆在一起，"她说，"你瞧，那边有五颜六色的鸟。"

我此刻得知我们做的不是同一场梦，原来一切都只是我一个人的古怪构思，心中无限失落，甚至想要再度沉回梦中，有再好看的鸟也不愿欣赏了。陈可却执意要我转头看，我拗不过她，只好扭头向朝阳处张望一眼。

我看见深红色的太阳垂吊在天上，一片白色的雪花在它前面遄飞起来，随后是无数片相同的白色穿插交叠，它们齐齐发出鸣叫，翅膀一振，又齐齐幻化出黄绿橙红许多种不同的颜色来，明灭之间有灰色的印迹闪烁，仿佛是白昼中的星辰，最后相继坠向树林又一同扑转而上，似乎盖过了天空，正要向我们侵来。我从未见过这般场面，一时分不清自己是在现实还是梦中。

我僵在原地，想要蹲下来双手抱头以避险，又怕在陈可面前丢了面，这足够让她耻笑我几十年的了。

陈可趁我发愣，踮起脚，在我脸颊上亲了一下。

迟湖

图书在版编目（CIP）数据

迟湖 / 黄昶著. -- 上海：上海文艺出版社，2024（2024.12重印）
ISBN 978-7-5321-9016-4

Ⅰ.①迟… Ⅱ.①黄… Ⅲ.①短篇小说－小说集－中国－当代 Ⅳ.①I247.7

中国国家版本馆CIP数据核字(2024)第082550号

发 行 人：毕　胜
责任编辑：肖海鸥　叶梦瑶
封面设计：孙　容
内文制作：常　亭

书　　名：迟　湖
作　　者：黄　昶
出　　版：上海世纪出版集团　　上海文艺出版社
地　　址：上海市闵行区号景路159弄A座2楼　201101
发　　行：上海文艺出版社发行中心
　　　　　上海市闵行区号景路159弄A座2楼206室　201101　www.ewen.co
印　　刷：苏州市越洋印刷有限公司
开　　本：1092×850　1/32
印　　张：7.625
插　　页：3
字　　数：128,000
印　　次：2024年7月第1版　2024年12月第2次印刷
Ｉ Ｓ Ｂ Ｎ：978-7-5321-9016-4/I.7098
定　　价：52.00元
告　读　者：如发现本书有质量问题请与印刷厂质量科联系　T:0512-68180628